반짝반짝 추억 전당포

요시노 마리코 장편소설

박귀영 옮김

포레스트북스

아이들이 조금 이상하다는 걸 어른들이 전혀 몰랐던 것은 아니다.

예를 들어 옆 마을 초등학교에서 전근 온 사와마쓰 도모야는 6학년 아이들이 '추억'을 하나같이 'ㅊㅜㅇㅓㄱ'으로 적는 것에 고개를 갸웃했다.

국어 시험에 "지나간 일을 돌이켜 생각하는 것을 가리키는 두 음절 단어는 무엇인가" 하는 문제를 내면 아이들은 당연히 "추억"이라고 쓴다. 하지만 시험처럼 꼭 그럴 필요가 없는 글쓰기 숙제 제목 "여름 방학 추억"은 서른두 명 모두가 "여름 방학 ㅊㅜㅇㅓㄱ"으로 적었다. 처음에는 왜 그렇게 쓰냐고 끈질기게 물어봤지만, 원하는 답을 들을 수는 없었다. 급기야 그

표기에 익숙해져서 다음 해 여름 방학에는 도모야 자신도 칠판에 "숙제 : 여름 방학 ㅊㅜㅇㅓㄱ"이라고 적었다.

또 구지라사키역 역무원 이모카와 미쓰루는 집에서 옛날 일본 영화를 보다가 열한 살 아들 야마토에게 "넌 전당포 같은 거 모르지?" 하고 물었다가 "왜 몰라. 자기 물건을 맡기고 돈을 빌리는 거잖아. 돈을 갚지 못하면 맡긴 물건은 팔려버리고"라는 대답이 곧장 돌아와서 깜짝 놀랐다. 실제로 돈을 빌리러 가보기라도 한 듯한 말투였다. 미쓰루조차 전당포 간판을 직접 본 적이 한 번도 없는데. 하지만 미쓰루는 더 묻지 않았다. 영화의 다음 장면이 궁금했기 때문이다.

끝까지 구지라사키 마을 아이들이 노상 바닷가 절벽을 내려가는 것과, 이런 의문들을 연결 짓는 어른은 아무도 없었다. '보나 마나 그 절벽 아래에 자기들끼리 비밀 기지를 만들고 노는 거겠지.' 이것이 어른들의 한결같은 생각이었다. 비밀 기지를 말하는 어른들의 눈은 한순간, 무지개색 유리구슬같이 다채로운 빛을 띤다. 자신들의 20년 전, 30년 전이 물씬 되살아난다.

"절벽 아래? 안전 관리? 우리가 그런 걸 하기 시작하면 아이들 흥이 식어버리잖아."

그러면서 어른들은 일부러 바닷가 절벽에는 가까이 가지

않았다. 그래서 바닷가 절벽 아래에 돌로 지은 집이 있고, 거기에 마법사가 살면서 전당포를 한다는 사실은 아이들밖에 몰랐다.

1

"빨리 와."

형 야마토가 소리치자 하루토는 입을 비죽였다.

"천천히 가! 발이 온통 풀에 쓸려서 아프다고."

해변까지 내려가려면 반드시 이 좁은 돌계단을 거쳐야 한다. 언제 만들었는지 모르겠지만 바닥이 울퉁불퉁한 데다 양옆으로 잡초가 늘어져 있어, 하루토의 복사뼈와 무릎은 쓸린 상처투성이다.

심하게 뒤틀린 소나무 가지가 돌계단 주변을 아치처럼 덮고 있다. 거센 바닷바람 탓이겠지만, 이렇게까지 힘없이 축 늘어져버린 건 그 사람이 심술을 부렸기 때문인지도 몰라. 하루토는 불안해져 녹색 나무들을 올려다봤다. 그 사람은 마법을 부리니 나무뿐만 아니라 뭐든 마음대로 해버리겠지. 내가 지금 그런 사람을 만나러 가다니. 하, 사람이라고 해도 되는 건가? 아니면 마귀? 아니야, 그런 단어를 떠올리면 발이 땅에 붙어버려.

돌계단은 도중에 오른쪽으로 꺾여 있어 해변이 전혀 보이지 않는다. 이 돌계단에는 아무리 정신을 똑바로 차리고 세도 매번 계단 수가 다르다는 전설이 전해 내려온다. 그러나 지금 하루토는 돌계단을 하나하나 세고 있을 여유가 없었다. 아래로 내려갈수록 잡초가 계단 양옆을 야금야금 뒤덮고 있어 손으로 풀을 헤치면서 한 걸음, 한 걸음 내려가기 바쁘다.

바다 내음과 가까이서 철썩철썩 부서지는 파도 소리. 하루토는 코와 귀만으로 바다를 느끼고 있었다.

"다리에 풀이 쓸린다고? 그러니까 내가 긴바지 입으라고 했어, 안 했어?"

멈춰 서서 뒤돌아본 야마토가 팔짱을 끼며 말했다. 밑에서 올려다봐서 그런지, 평소보다 눈꼬리가 올라가 눈이 완전히 역삼각형이다. 야마토는 물론 긴 청바지를 입고 있다. 윗도리는 카키색 긴팔 셔츠다.

"했어……."

하루토는 마지못해 대답했다. 모처럼 바닷가까지 가는데

파도에 찰팍찰팍 발을 담그지 않으면 아까울 것 같아 반바지를 입어버렸다. 형에게 이런 속내를 털어놓는 것이 자존심 상해 하루토는 잠자코 돌계단을 내려갔다.

“뭐, 나는 여기서 돌아가도 괜찮아.”

야마토가 불퉁하게 말했다. 토요일에는 대체로 한낮까지 자는데, 단지 하루토에게 길을 알려주기 위해 11시 30분에 아침을 먹고 12시 30분에 집을 나서서 여기까지 온 것이었다. 야마토는 “흐아암” 하고 보란 듯 크게 하품했다.

하지만 하루토는 형이 하품하는 모습은 보지 않겠다는 양 찌푸린 얼굴로 아래만 보면서 내려온다. 연지색 반바지 밑으로 드러난 다리는 곳곳에 상처가 나 있고, 희미하게 피가 배어난 데도 있다. 야마토는 동생이 아직 초등학교 1학년에 키는 107센티미터밖에 되지 않아, 자신은 간단히 헤칠 수 있는 잡초도 상당히 버겁다는 사실을 깨달았다.

“할 수 없지.”

작게 중얼거리고 야마토는 다시 계단을 하나씩 내려가기 시작했다.

“하루토, 여기까지 오면 이제 바닷가도 보여. 게다가 이 나무 그늘에서는 지붕도 보이고.”

“정말? 어디?”

하루토가 폴짝폴짝 날아온다. 뭐야, 팔팔하잖아. 야마토는 자상하게 힘을 북돋아준 것을 바로 후회했다.

"저기."

야마토는 힘껏 퉁명스럽게 말하며 손가락으로 한곳을 가리켰다. 절벽 아래, 앞바다에 떠 있는 구지라섬을 바람막이 삼아 지은 그 집이 보였다. 지붕은 반짝반짝 빛나는 빨간색. 돌벽은 옅은 크림색인가? 역 앞 케이크 가게에서 파는 카시스 무스 같다고 하루토는 생각했다.

돌계단을 겨우 다 내려가니 모래사장이 아닌 울퉁불퉁한 자갈밭이 나왔다. 하지만 그 울퉁불퉁한 자갈밭은 중간부터 줄로 정성스레 윤을 낸 검은 판처럼 평평해졌다. 거기에 카시스 무스가 서 있는 것이다.

해안이 너무 후미져 고깃배는 들어오지 못한다. 동쪽으로 1킬로미터쯤 가면 큰 해변이 두 군데 있는데, 하나는 어항(漁港), 다른 하나는 해수욕장이다. 어른들이 여기 오지 않는 까닭은 이런 이유 덕분이기도 하다. 아니, 반대다. 마법사는 아마도 이런 좋은 조건 때문에 여기에 가게를 연 것이리라.

나뭇결무늬 간판에 동글동글한 글씨로 이렇게 적혀 있었다. 하루토가 아는 글자는 기껏해야 강, 나무, 산 정도지만 어째서인지 'ㅊㅜㅇㅓㄱ 전당포'라는 글자는 읽을 수 있었다. 아마도 구지라사키 마을에 사는 다섯 살 넘은 아이라면 다 읽을 수 있지 않을까? 절벽을 내려가지 못할 정도로 어릴 적부터 이곳에 대한 소문은 어딘가에서 듣게 되니까.

형처럼 이 가게에서 잘만 하면 돈을 벌 수 있다. 그러면 엄마가 사주지 않은 게임 소프트웨어를 몰래 손에 넣을 수 있다. 하루토는 크게 숨을 들이마셨다. 후미까지 들어온 파도는 잔잔해서, 썰물 때는 소라게나 불가사리를 찾을 수 있을 것 같다. 하지만 조금 떨어진 구지라섬 너머에서는 큰 파도가 밀어닥쳤다가 부서진다. 파랗다기보다 검은색에 가까운 파도. 마법사는 밤에 이런 데 혼자 있어도 무섭지 않나? 아니면 파도가 거칠어지는 것도 잔잔해지는 것도 마법사의 마음에 달린 걸까?

"가자."

야마토가 재촉해 하루토는 나뭇결무늬 문을 밀었다. 혼자였다면 분명 돌계단을 다 내려오자마자 되돌아갔을 거라고 생각하며.

"너는 여기가 무슨 가게인지 아니?"

마법사가 하루토에게 물었다.

"아뇨."

소파 끄트머리에 엉덩이만 살짝 걸치고 있던 하루토는 힘없이 고개를 가로저었다. 창가에서 달팽이를 구경하던 야마토가 미간에 주름을 잡고 휙 돌아보며 말했다.

"내가 자세히 설명해 줬잖아!"

야마토가 그런 말을 해봤자, 긴장한 탓에 틀림없이 들은 설명이 하루토의 머릿속에서 쭈르륵 빠져나가버려서 어쩔 수가 없다.

그래, 이 사람 때문에 긴장한 거야. 하루토는 아까부터 마법사를 슬쩍슬쩍 곁눈질하고 있었다. 마침 마법사는 난로 옆 책장에서 앨범처럼 생긴 커다란 파일을 꺼내는 중이었다.

하루토가 상상하던 마법사와 전혀 다르다. 여기 오기 전, 하루토는 도서관에 가서 그림책을 몇 권이나 읽으면서(읽었다기보다 그림만 보면서) 조사했다. 마법사는 어떤 차림을 하고 있는가에 대해.

조사 결과, 마법사는

- 검은 망토를 두르고
- 끝이 뾰족한 검은 모자를 쓰고
- 머리는 파마를 한 것처럼 심한 곱슬에 푸석푸석하고
- 눈이 푹 꺼졌고
- 매부리코에
- 등이 굽었고
- 지팡이를 짚고
- 나이가 아주 많다

는 것을 알아냈다. 최근 2주 동안, 하루토는 잠들기 전 머릿속에 이런 마법사를 떠올리며 이야기를 나누는 연습을 해왔다. 그런데 이런 노력이 허무할 정도로 마법사의 모습은 하루토가 조사한 것과 전혀 달랐다.

우선 망토 색부터 다르다. 로즈핑크. 이런 색이 있는 줄 모르는 하루토는 핑크색 그림물감에 갈색을 아주 조금 섞으면 비슷한 색이 나오지 않을까 생각했다.

그리고 모자는 뾰족하지 않고 반다나 같다. 머리칼은 대부분 반다나 속에 감춰져 있고 옆머리만 소라빵처럼 동글동글 세로로 말아 늘어뜨렸다. 푸석하기는커녕 은색 머리가 반지르르 빛난다.

눈도 푹 꺼지지 않았고, 오뚝 솟은 코에, 등도 곧고, 지팡이도 짚지 않고, 전혀 나이 들어 보이지 않았다.

이 사람하고 엄마 중에서 누가 더 젊니? 누가 물어보면 하루토는 고민 끝에 이렇게 대답할지도 모른다.

으음, 이 사람.

그렇게 하루토가 관찰하는 동안, 마법사는 선 채로 파일을 훌훌 넘기다가 이따금 우후후 웃음을 터뜨렸다. 하루토는 까맣게 잊은 것처럼.

하루토는 어쩔 줄 몰라 창가에 서 있는 야마토를 쳐다봤다. 야마토가 들여다보고 있는 창에서는 달팽이 세 마리가 창틀 끝에서 끝으로 오가고 있다.

하루토가 보고 있다는 것을 알아차리고 야마토가 말했다.

"얘네들, 창을 닦는 거야."

첫 번째 달팽이가 앞으로 가면서 엉덩이, 아니 어쩌면 꼬리 같은 데서 세제를 내보낸다. 그다음 달팽이가 세제를 펴 바른다. 마지막 달팽이가 꼬리에 감은 작은 천으로 꼼꼼하게 닦아 나간다.

마법사 뒤쪽에는 난로가 있는데, 지금은 여름이 끝나가는 시점이라 당연히 불이 지펴져 있지 않았다. 저 난로는 장식일까, 아니면 겨울에는 호드득호드득 타오를까? 하루토는 잠시 불이 타는 모습을 상상했다.

난로 오른쪽에는 고양이 모양 전등이 있다. 50센티미터 정도 높이로 몸 전체에서 희미하게 빛이 난다. 창에서 들어오는 빛과 이 전등 덕분에 방은 꽤 밝은 편이었다. 게다가 이 소파와 쿠션은 의외로 촉감이 부드러워 편안하다. 쿠션은 빨간색과 검은색과 흰색이 있고, 소파도 빨간색과 검은색과 흰색의 체크무늬다. 언젠가 인테리어 가게에서 본 소파보다도 멋지다고 하루토는 생각했다.

"어머, 추억을 재생하는 데 푹 빠져 있었네."

마법사가 파일을 탁 덮고 하루토 맞은편에 놓인 흔들의자에 앉았다. 마법사가 의자를 흔들자 작게 끼익, 끼익 소리가 났다.

"그럼 이 가게에 대해 간단히 설명해 줄게."

"네."

하루토는 고개를 끄덕이며, 이 마법사는 말투도 이상하다고 생각했다. 하루토가 자기 전에 언제나 상상하던 마법사는 "네놈은 어디서 온 게냐?" 하고 쉰 목소리로 말했다. 그런데 눈앞의 마법사는 텔레비전에서 날씨를 알려주는 누나처럼 매끄럽고 명쾌한 말투다.

"전당포는 네가 맡기는 물건을 보관하고, 그 대가로 돈을 주는 곳이야. 네가 맡기는 물건은 전당품이라고 하고. 무슨 말인지 알겠니?"

그러고 보니 형이 비슷한 설명을 해준 기억이 났다.

"아니…… 아! 알 것 같아요……."

"그럼 계속할게. 네가 스무 살이 되기 전에 돈을 갚으면 전당품을 돌려줘. 하지만 스무 살이 될 때까지 돈을 갚지 않으면 전당품은 내 것이 되는 거야. 다시 말해서 너는 더 이상 전당품을 돌려받을 수 없지."

"네."

"그래서 네가 뭘 맡길 수 있냐면 말이지……."

하루토는 가로막듯 말했다. 이것만은 확실하게 기억한다.

"추억 말이죠?"

"맞아, 네 추억. 정말 너무나 즐거웠던 추억, 혼나서 속상했던 추억, 쓸쓸했던 추억을 나한테 말해주는 거야."

"네."

"그걸 듣고 그 추억에 얼마를 줄지 값을 매기는 건 내 마음이야. 그러니까 내가 정말 재미있거나 가치 있다고 생각하면 돈을 많이 줄 거야. 하지만 네가 비슷한 추억을 몇 개씩 갖고 오거나 내가 재미있지 않으면, 그 추억에는 돈을 많이 쳐줄 수 없어."

"네."

"그럼, 이제 추억을 말할 준비가 됐니?"

"음, 여러 가지가 있어요."

하루토는 무심코 천장을 올려다보며 적당한 추억거리를 찾았다.

"아, 어제 저녁밥."

"저녁밥?"

"네, 오므라이스랑 샐러드였어요. 이건 얼마 줄 거예요?"

하루토가 소파에서 스윽 몸을 내밀자, 마법사가 입에 손등을 대고 쿡쿡 웃었다.

"그런 건 안 돼. 빵 원."

"왜요? 엄마가 만든 오므라이스는 맛있다고요."

"그렇지만 네가 지금 말한 건 추억이 아니라 기억이잖아."

"추억이랑 기억이랑 뭐가 다른데요?"

하루토는 갑자기 조바심이 나서 야마토 쪽을 돌아봤다. 하지만 야마토는 창가 선반에 놓인 단지의 뚜껑을 열고, 쿠키를 꺼내 막 입에 집어넣던 참이었다. 옆에서는 하얀색 레이스 앞치마를 두른 다람쥐가 꼬리를 대걸레처럼 휙휙 휘두르며 청소하고 있다.

하루토는 할 수 없이 마법사 쪽으로 몸을 돌렸다.

"아까도 말했잖아. 추억이라는 건 정말 즐거웠거나 분했거나 실망했거나, 이런 식으로 네 기분이 움직인 일을 말하는 거야. 엄마의 오므라이스가 맛있었다. 이건 단순한 사실이지. '좀처럼 오므라이스를 만들어주지 않는 엄마가 2년 만에 만들어줘 정말 맛있었고 기뻤다' 이러면 추억이 되지만."

"하아."

안타깝게도 엄마는 노상 오므라이스를 만들어준다. 한 달에 두 번 정도. 그러니 드물지도 않고 특별히 기쁘지도 않은 일이다.

"그럼 엄청 기뻤던 일을 생각해 내면 되겠네."

하루토는 천장을 올려다볼 것도 없이 곧바로 떠올렸다. 형에 대한 추억을 이야기하자. 그러면 야마토는 기뻐하면서 하루토에게도 쿠키를 나눠줄지 모른다.

"미니 벌레 카드라는 게 있어요. 전부 500종류인데, 제일 인기 있는 건 사슴벌레예요. 우리 반 애들 누구도 없죠. 그런데 형이 '5학년이 되면 미니 벌레 카드 같은 건 더 이상 모으지 않아'라면서 가진 카드를 전부 나한테 줬어요. 그중에 사슴벌레 카드가 있어서 정말 기뻤어요!"

말을 마치고 슬쩍 창가를 봤다. 기대한 대로 야마토는 쿠키를 손에 든 채 이쪽을 지그시 보고 있었다. 마법사가 돈을 주면 바로 나도 저 쿠키를 달라고 해야지.

"그래, 좋은 추억이네."

"얼마 줄 수 있어요?"

"음, 네가 처음 맡긴 추억이니 3500엔 정도?"

"3500엔!"

그렇게 많이 받을 수 있다니. 하루토는 무릎 위에서 주먹을 꼭 쥐었다. 집안일을 돕고 받는 돈보다 훨씬 많았다. 꼬박 하루 종일 집을 지키면 100엔, 반나절 동안 마당 잡초를 뽑으면 50엔이다. 두세 가지를 이야기하면 세뱃돈을 훌쩍 넘기지 않을까? 다만 3500엔은 게임 소프트웨어를 사기에는 조금 부족한데. 하루토가 그런 계산을 하던 참이었다.

뒤에서 그 계산을 막는 목소리가 날아들었다.

"그걸 전당포에 맡기면 안 되잖아."

야마토의 얼굴이 아까보다도 붉다. 혹시 화를 내는 걸까?

"왜?"

"그러니까 내가 설명했잖아. 기억 안 나? 멍청이."

"뭐 말이야?"

"일단 맡기면 그 추억은 머릿속에서 지워져버린다고!"

"아아."

그 말을 듣자 생각이 났다. 그래, 야마토가 그런 설명을 해줬지. 마법사가 끼어들었다.

"맞아. 나한테 맡긴 추억은 네 머릿속에서 지워져. 애초에 그런 추억이 있었다는 기억만 남는 거야. 다시 말해 야마토 군이 '옛날에 내가 미니 벌레 카드 준 적 있잖아' 하고 말하잖아. 그럼 너는 '아 그 추억은 추억 전당포에 맡겼지' 하는 것까지는 떠올릴 수 있어. 그렇지만 구체적으로 어떤 내용이었는지는 알 수가 없지."

"그렇다면 스무 살이 되기 전에 돈을 내고 돌려받으면 되잖아요?"

하루토가 말하자 마법사가 우후후 웃었다. 웃고는 있지만, 마법사의 눈은 깊은 산 속 사람들에게 잊힌 호수 같은 색을 띠고 있다.

"대부분의 아이들은 찾으러 오지 않아."

"네? 왜요? 어른이 되면 아르바이트란 것도 할 수 있고, 일도 할 수 있고, 돈이 우르르 들어온다고요."

이웃에 사는 형만 해도 고등학교에 들어가고 나서 갑자기 지갑이 두둑해졌다는 것을 하루토는 안다. 편의점에서 일하고 돈을 받기 때문이다.

마법사는 대답했다.

"다들 돈은 있지. 어릴 때보다는 말이야. 하지만 그 소중한 돈으로 추억을 되찾고 싶다는 생각은 하지 않아."

"어째서요?"

"추억 같은 거, 없으면 없는 대로 살아도 특별히 문제될 게 없거든."

마법사는 책상 위에 놔둔 파일을 훌훌 넘겼다.

"여기에는 즐거운 추억이 수도 없이 들어 있어. 그렇지만 아무도 찾으러 오지 않아. 나만 되풀이해서 들여다보고 있지."

"아아."

야마토가 달팽이 등을 톡톡 치며 말했다.

"그러니까 너도 여기에 추억을 맡기면 내가 미니 벌레 카드를 준 걸 평생 잊어버리는 거야."

흥, 그래도 별 상관없지만. 야마토는 작게 덧붙였다.

"그럼 다른 걸로 할게요."

하루토는 또다시 천장을 올려다봤다. 기껏 3500엔이나 값을 쳐줬는데 아깝다. 하지만 추억은 그것 말고도 얼마든지 있다. 학교에서 있었던 일, 집에서 있었던 일…….

"흐음, 5000엔이 필요한데."

하루토는 작게 중얼거렸다. 하루토가 갖고 싶은 게임 소프트웨어는 4800엔이기 때문이다.

"그건 꽤 힘들겠는걸. 웬만큼 귀한 추억이 아니고서는 나는 5000엔씩이나 쳐주지 않아."

"그럼 두 개 합하면 안 될까요?"

"안 돼. 추억은 하루에 하나밖에 맡길 수 없어. 그게 이곳의 규칙이야."

"어째서요?"

"어른들이 온 동네 아이들이 기억상실증에 걸렸다고 생각하면 뒤처리가 귀찮아지거든."

"하아."

실망스러운 표정을 짓는 하루토를 보고 마법사는 이렇게 덧붙였다.

"단 인생 최초의 추억이라면 어떤 내용이라도 8888엔을 주게 돼 있어."

"8888엔요?"

하루토는 저도 모르게 벌떡 일어섰다가 조금 부끄러워져, '바지 주름을 펴려고 잠시 일어선 거예요'라는 표정으로 바지를 매만지며 앉았다.

"기억하는 한 최초의 추억을 말하면 되는 거죠?"

그렇다면 바로 기억해 낼 수 있다. 하루토는 그때를 떠올리며 이야기를 시작했다.

"아마 유치원에 간 첫날이었을 거예요. 엄마가 약속 시간에 데리러 오지 않았어요."

"그래서?"

마법사가 소라빵 모양 머리칼을 둘째손가락으로 작게 돌돌 말며 맞장구를 쳤다.

"다른 엄마들은 착착 데리러 와서, 친구들이 모두 다 돌아갔어요."

이야기하는 동안, 하루토의 눈앞에 당시 광경이 생생하게 되살아났다.

고무라 선생님은 "집에 전화해 볼게!"라며 자리를 떴고, 마지막까지가 하루토와 함께 있던 같은 반 친구 하야토는 "너네 엄마, 오는 길에 차에 치여서 죽어버린 거 아냐?"라는 말을 남기고는 이내 돌아가버렸다.

바람이 거세게 부는 날이었다. 하루토는 작은 유치원 운동장에 흩날리는 모래 먼지를 보며 울었다. 모래 먼지가 춤을 추면서 노래를 부르는 것 같았다.

너네 엄마, 죽어버렸어. 너네 엄마, 죽어버렸어.

바로 그때 엄마가 뛰어 들어왔다.

"하루토! 많이 기다렸지!"

하얀색 블라우스에 복숭아색 카디건. 아래는 청바지에 흰색 스니커즈. 그 품에 뛰어들어 훌쩍이던 콧물을 새하얀 블라우스에 힘껏 문질렀다. 엄마는 그것도 모르고 "얘도 참" 하고 부드럽게 안아줬다.

뒤에서 고무라 선생님이 "아이, 다행이다. 저, 하루토 어머니, 내일부터는 20분 이상 늦으실 것 같으면 전화 부탁드릴게요. 저희도 걱정되니까요" 하고 상냥하게 말하자 엄마가 고개 숙여 사과했다.

"그 추억을 맡긴다는 거지?"

마법사가 다시 확인하자 하루토는 순간 입을 다물었다. 엄마는 지금도 종종 그때 이야기를 꺼낸다.

"하루토가 글쎄, 처음 등원한 날에 내가 늦게 데리러 갔더니 울면서 기다리고 있더라고."

이젠 그 추억담을 들어도 "전당포에 맡겨서 하나도 기억 안 나" 하고 당황할 것이다. 틀림없어.

뒤에서 탁 하고 큰 소리가 났다. 하루토가 돌아보니 야마토가 창가에 있던 쿠키 단지를 쓰러뜨렸는지 서둘러 세워놓고 있었다. 아무래도 그 선반에 기어 올라가려고 한 모양이었다.

사실은 다른 시시한 추억을 몇 개 더 이야기한 다음에 그 값을 비교해서 뭘 맡길지 정하려 했는데, 지금 야마토를 보니 서두르는 편이 좋을 듯싶었다. 그러지 않으면 돌아가는 돌계단에서 또 툴툴거릴지도 모른다.

하루토는 고개를 크게 끄덕였다.

"8888엔 주세요."

저녁 반찬은 가자미조림과 톳과 무말랭이였다. 죄다 하루토가 싫어하는 것들이다. 이 일도 언젠가 마법사에게 이야기해야지. 저녁 식사 추억에 좋고 싫은 감정이 더해지면 돈을 주겠다고 했으니까, 틀림없이 몇 푼이라도 줄 것이다.

식탁에서 부엌을 들여다보니, 젖빛 유리창 아래 놓인 화분에서 파슬리가 쑥쑥 자라고 있다. 냉장고에 붙어 있는 자석 타입 화이트보드에 장보기 리스트가 각진 글씨체로 적혀 있었다. 생선, 우유, 달걀, 피망. 내일 아침은 피망 볶음이겠구나 하고 생각하니 가자미와 씨름할 기력이 없어졌다. 내일 아침까지 힘을 남겨둬야 해. 하루토는 자리에서 일어섰다.

"하루토. 벌써 다 먹었어?"

식탁에서 일어나 텔레비전 앞으로 가는 하루토를 보고 어머니 미쓰코가 뾰족하게 말했다. 엄마는 뭐든 뾰족하다. 글씨도 뾰족하고, 턱도 뾰족하고, 그리고 목소리도.

이제 곧 "다 먹었으면 잘 먹었습니다 해야지, 하루토!" 하고 말하겠지? 엄마가 그러기 전에 하루토는 말했다.

"잘 먹었습니다."

"그렇게 말했는데도 깨끗하게 못 먹는구나."

미쓰코는 한숨을 내쉬었다. 난처해하는 한숨이 아니라, 집 안 공기를 가위로 싹둑 자르는 것 같은 한숨.

"가자미 뼈에 아직 살이 붙어 있잖아."

하루토는 못 들은 체했다. 엄마는 딱따구리를 닮았다. 딱딱 딱딱, 나무에서 한 군데만 계속 쪼아대는 새.

식사 예절이 좋지 않다는 말은 매일 듣는다. 아버지 미쓰루가 있으면 "아직 초등학교 1학년이잖아" 하고 감싸줄 테지만, 없으면 같은 말을 수도 없이 듣는다.

물론 하루토도 안다. 그런 말을 듣고 싶지 않다면 깨끗하게 먹으면 된다. 하지만 오늘은 특별한 사정이 있었다. 자칫 이야기가 엉뚱한 쪽으로 흘러가 어릴 적 추억담까지 나와버리면 곤란하다.

너, 그런 것도 기억 안 나니.

갑자기 엄마가 그렇게 말하면 흠칫 놀라버릴 거야. 인생 최초의 추억을 마법사에게 맡겨버렸다. 이 사실은 기억해도 어떤 내용이었는지, 더 이상 떠올릴 수 없다. 그 사람에게 추억을 맡긴다는 건 그런 것이다.

"텔레비전, 그렇게 가까이서 보면 안 돼! 눈 나빠지잖아."

또 딱딱딱딱 쪼아댄다.

"흐엑."

하루토는 리모컨을 들어 텔레비전을 껐다.

"야, 무슨 짓이야!"

야마토의 성난 목소리가 들렸지만 하루토는 헤헤 웃고는 리모컨을 소파에 내팽개치고 2층으로 달려 올라갔다.

텔레비전 따위 안 봐도 된다는 것을 깨달았기 때문이다. 새로 산 게임을 얼른 해봐야지.

바깥 기온은 10도를 밑돌고 있지만, 전당포 안은 훈훈하다. 난로에서 불이 밝게 타오른다. 이따금 탁 소리를 내며 불꽃이 날아오른다. 마법사는 새까만 원피스를 하나 입었을 뿐 카디건이나 스웨터는 걸치지 않았다.

오늘도 하루토는 추억 하나를 맡기러 왔다.

"어떤 추억이니?"

마법사의 물음에 하루토는 술술 설명하기 시작했다. 이 전당포에 다닌 지 2년이라는 세월이 흘러 지금은 이 가게 단골이 다 됐다.

"그저께 말이에요. 엄마가 심부름 좀 다녀오라고 해서 슈퍼마켓에 갔어요. '큰길로만 다니렴. 공원 안으로 들어가면 안 돼. 해가 지면 위험한 사람이 있을지도 모르니까.' 엄마는 맨날 그래요. 그렇지만 공원에 위험한 사람 같은 건 보이지도 않고, 슈퍼마켓은 공원을 가로질러 가는 게 가깝다고요. 그래서 그 쪽으로 갔어요. 내가 말 안 하면 엄마도 모를 거고."

마법사는 이야기를 들으면서 뜨개질을 하고 있다. 새빨간 털실로 세모꼴 무언가를 뜨고 있다. 숄인지, 바닥에 까는 건지, 잘 모르겠다. 마법을 쓸 수 있으니 순식간에 짠 만들면 될 텐데라고 생각했지만 하루토는 굳이 입 밖으로 내지 않았다. 대신 하던 이야기를 계속하기로 했다.

"그런데 돌아가는 길에 옆집 아주머니를 만난 거예요. '착하구나. 심부름 갔다 오니?' 하고 물어서 '네' 하고 평소처럼 대답했는데, 아주머니가 오늘 우리 엄마한테 이 이야기를 해버린 거예요. '아드님, 심부름도 하고 기특하네요. 그저께, 공원에서 만났어요' 하고. 그다음은 어땠는지 말 안 해도 알겠죠? 정말이지……."

하루토가 볼을 잔뜩 부풀리자, 마법사가 부지런히 양손을 움직이며 말했다.

"또 혼났구나?"

"맨날 이런 식이에요. 어째서 심부름까지 가줬는데 혼이 나야 하냐고요. 형은 중학교에 가더니 축구부에 들어간 다음부터 집안일에 손가락 하나 까딱 않는다고요. 치사하게. 그런데도 엄마는 아무 말도 안 하고."

털실을 만지작거리고 있던 마법사가 별안간 얼굴을 들었다. 소라빵처럼 말린 은색 머리칼이 반짝 빛났다.

"추억 부분만 모아서 말할래? 형 이야기는 오늘 추억하고는 상관없잖아."

"네에."

그만 이야기하고 돌아가버릴까? 하루토는 누가 뭐라고 하면 꼭 귀를 막아버리고 싶어진다. 없는 일로 하고 싶어진다. 하지만 생각을 고쳐먹었다. 자신을 제일 화나게 한 사람이 누군지 떠올린 것이다.

"엄마가 말 안 들으면 당분간 아이스크림 금지래요. 심부름 갔다 오면 항상 상으로 아이스크림을 하나 먹었는데, 안 된다니요. 심지어 언제까지인지도 몰라요. '반성할 때까지'라니, 이게 말이 되냐고요!"

"그 추억을 맡기고 싶니?"

"네. 엄마에 대한 싫은 추억이 하나 줄어드는 거니까 엄마한테도 좋은 거 아닌가요? 헤헤."

"잘하는 건지, 잘못하는 건지는 내가 정하는 게 아니야."

하루토는 그 말을 듣고서야 마법사가 잘하는 것이라고 동조해 주길 바랐다는 것을 깨달았다.

"700엔 줄게."

"네? 요전에는 1000엔이었잖아요. 점점 줄어드네."

하루토가 항의하자, 마법사는 털실과 뜨개바늘을 소파에 내려두고 일어서서 파일을 손에 들었다.

"그렇지만 네 추억은 다 비슷비슷해서 질렸거든."

"하아."

하루토는 맥없이 중얼거렸다. 다음번에는 학교에서 있었던 일로 골라야지.

"아이코, 다음 손님이 왔어. 나를 인터뷰한대."

마법사가 창 쪽을 보고 말했다. 하루토는 달려가서 레이스 커튼을 걷었다. 달팽이 세 마리는 하루토가 눈앞까지 왔는데도 전혀 알아차리지 못한 것처럼 부지런히 청소를 한다.

저 사람이 신문부 부장인가. 하루토는 지그시 쳐다봤다.

이름은 이미 유명하다. 나가사와 리카. 구지라사키중학교 신문부로, 이번 가을 들어 부장이 됐다. 초등학교 3학년인 하루토까지 그녀를 아는 까닭은, 리카가 모든 마을 아이들에게 연락했기 때문이다. 메일을 받은 사람도 있고, 직접 이야기를 들은 사람도 있다. 내용은 대체로 비슷했다.

사상 최초! 추억 전당포 마법사 직격 인터뷰를 감행합니다!

구지라사키중학교 신문에 기사를 낼 계획입니다!

마법사에게 물어보고 싶은 것을 알려주세요.

제가 직접 물어보고 오겠습니다!

-구지라사키 중학교 2학년 나가사와 리카

결국 하루토는 딱 한 가지 질문을 형을 통해 전달했다.

마법사님은 몇 살입니까?

여자에게 나이를 묻는 건 실례야. 전에 엄마가 말한 적이 있어서, 하루토는 지금까지 물으면 안 된다고 생각했다. 그런데 다른 사람이 대신 물어봐준다니 고마울 따름이다. 대체 몇 살일까? 200살 정도? 아니면 10만 살? 몇 살에 죽을까? 이것도 물어볼걸. 하루토는 아쉬워하면서 걸어오는 나가사와 리카를 머리부터 발끝까지 뚫어지게 쳐다봤다.

휴일인데도 교복을 입었다. 남색 블레이저에 같은 색 스웨터와 플리츠스커트. 블라우스는 흰색에 옷깃이 둥글다. 전국 어디에라도 있을 법한 교복이지만, 이 근방 중학교는 하나밖에 없으니 다른 학교로 착각할 염려는 없었다.

“안녕하세요.”

정신을 차리고 보니 어느새 현관까지 와 있었다. 문이 겨우 5센티미터 정도 열려 있다. 마음대로 들어와도 되나 싶어 고민하는 듯 그보다 크게 열리지는 않았다.

“어서 와요.”

마법사가 그렇게 말해도 들어올 기색이 없어, 하루토는 달려가 문을 활짝 열었다.

“안녕하세요.”

“어?”

리카가 놀란 얼굴로 하루토를 쳐다봤다. 원래부터 크고 동그란 눈이 더더욱 크게 벌어진다. 살짝 노려보는 것 같기도 해서 하루토는 한 발짝 물러섰다.

그녀는 하루토에게는 별 흥미가 없는 듯 곧장 눈을 굴려 마법사를 찾았다.

“잘 부탁드립니다. 혼자 왔어요. 다른 사람이 있을 거라곤 생각도 못 해서 깜짝 놀랐어요.”

“아아, 이 아이는 지금 막 추억을 맡겼어. 아 참.”

마법사는 하얗고 가느다랗고 길쭉한 손가락으로 복숭아색 장지갑에서 500엔짜리 동전 한 개와 100엔짜리 동전 두 개를 꺼내 하루토에게 건넸다.

하루토는 질문을 또 하나 뒤늦게 떠올렸다. “그 복숭아색 지갑은 구불구불한 선이 나 있어서, 반 아이들 모두 뱀 가죽이 틀림없다고 하던데 정말이에요? 핑크색 뱀도 있어요? 아니면 마법사님이 물들인 건가요?”

이대로 있게 해주면 좋을 텐데. 하루토는 현관에서 잠시 제자리걸음을 했다. 발소리를 듣고 돌아갔다고 생각해 주지 않으려나. 그러면 커튼 뒤에 숨을 수 있는데. 아니면 다람쥐랑 같이 방 청소를 하면 안 될까?

하지만 리카에게 하루토는 가차 없이 내쫓겼다.

“인터뷰는 일대일로 하고 싶어. 그러니까 이만 안녕.”

조금 전, 자신이 리카를 맞으며 열어준 문에서 내쫓길 줄은…….

뭐, 어쩔 수 없지.

하루토는 달리기 시작했다. 해변 공원에 가면 반 애들 중 누군가는 있을 것이다. 인터뷰가 시작하기 직전까지 전당포에 있었어. 어떻게 자랑할까 궁리하면서 하루토는 길고 긴 계단을 달려 올라갔다. 그러다가 문득 걸음을 멈춰 섰다.

어? 만약 엄마가 그 기사를 보면 어떻게 생각할까? 내가 이따금 기억 못 하는 것을 “마법사 때문이었구나!” 하고 알아차리지는 않을까? 학교에서 문제가 되지는 않을까?

아니지. 형이 중학교 신문 같은 것을 집에 가져올 리가 없다. 엄마가 볼 일은 절대 없다.

그렇게 자신을 안심시키며 다시 돌계단을 올랐다. 거센 바닷바람이 불어왔다. 그 뜨뜻한 바람에 떠밀리듯 하루토는 달렸다.

창밖으로 달려가는 하루토가 보인다. 그냥 있는 채로 인터뷰하는 편이 나았을까? 리카가 그런 생각을 하는 동안, 하루토는 더 이상 보이지 않게 돼 어차피 늦어버렸다.

어쨌든 리카는 여기에 혼자 온 적이 한 번도 없다. 덧붙이자면 추억을 맡긴 적도 없다. 친구 아사미가 추억을 맡기는 모습을 옆에 앉아 가만히 지켜본 적이 있을 뿐이다. 그때는 예의 차리지 않고 전당포를 구석구석 둘러보며 정말 이상한 곳이라고 생각했는데, 막상 혼자 와 보니 이상하기보다 으스스하다. 창가를 왕복하는 달팽이가 거대해져 리카를 잡아먹지 않으리라는 법도 없다. 지금 눈앞에서 찻잔에 차를 따르는 다람쥐가 독을 타지 않았으리라는 보장도 없다.

무엇보다 수상쩍은 것은 바로 마법사 본인이다. 조금도 마법사답지 않은 풍모. 리카는 학교 음악실에 걸려 있는 유명한 서양 작곡가들의 초상화를 떠올렸다. 베토벤, 모차르트, 하이든, 헨델. 다들 어딘가 푸르스름한 기운이 감도는 피부하며 조금도 현실적으로 느껴지지 않는 평면적인 그림이다. 그런데도 깊은 밤 음악실 문을 열어 보면, 작곡가들이 초상화에서 스윽 빠져나와 서로 대화를 나누거나 실내를 걸어 다니거나 피아노를 치고 있을 것 같은 느낌이 든다.

리카가 보고 있는 마법사도 딱 그런 느낌이다. 초상화 속 인물 중에 여자는 한 명도 없지만, 하이든과 베토벤 사이에 마법사의 초상화가 낀다 해도 전혀 어색할 것 같지 않다. 그리고 한밤중에 스윽 초상화에서 빠져나오는 것이다.

홍차를 다 따른 다람쥐가 조르르 잰걸음으로 자리를 뜬다. 그와 엇갈려서, 털실 뭉치를 선반에 얹어 두고 온 마법사가 흔들의자에 앉았다.

리카는 자신이 앉은 소파가 깊숙하게 꺼진다는 사실을 깨달았다. 그 때문에 시선이 낮아져서 마법사가 내려다보는 듯한 기분이 들었다.

질 수 없지. 리카는 몸을 스윽 앞으로 내밀어 얕게 앉았다. 여기까지 왔으니 할 수밖에 없다. 다들 이번 호 신문을, 이 인터뷰를 기다리고 있다.

“나가사와 리카입니다. 구지라사키중학교 신문부 부장을 맡고 있어요.”

리카는 갓 만든 명함을 테이블에 내려놨다. 오늘을 위해 일부러 준비했다. 마법사에게 가볍게 보이기 싫어서. 하지만 그 의도가 통했는지 어떤지는 잘 알 수 없었다.

마법사는 “그래”라고밖에 하지 않았다.

리카는 곧장 질문을 던지기로 했다. 맨 처음 무슨 말을 할지는 정해놨다.

“왜 인터뷰를 받아들여준 겁니까?”

“왜라니?”

“다들 난리예요. 추억 전당포는 비밀스러운 장소로, 어른에게는 말하면 안 된다고 모두들 알고 있었거든요. 게다가 마법사에게 너무 많이 물어보면 안 된다고 생각해서 여태 참아온 애들도 있는 모양이고요. 그런데 뭐든 물어도 되고 신문기사로 실린다고 하니 난리일 수밖에요. 그리고 어른도 읽게 될 거잖아요.”

쿡 하고 웃었을 뿐 마법사는 별다른 말을 하지 않았다. 그래서 리카는 거듭 물었다.

“왜 인터뷰를 허락해 준 거예요?”

"언제든 허락했을 거야."

"네?"

"지금까지 누구도 날 인터뷰하고 싶다고 말하지 않았을 뿐이라고."

리카는 실망한 얼굴을 보이지 않으려고 고개를 숙인 채 수첩을 휙휙 넘기기 시작했다. 혹시 이렇게 말해주지나 않을까 기대하고 있었다.

네 열의에 지고 말았어. 분명 좋은 인터뷰를 해줄 것 같은 예감이 들어서 허락한 거야…….

"그럼 바로 인터뷰를 시작하겠습니다."

리카는 수첩에 적힌 첫 번째 항목을 읽어 내려갔다.

"추억 전당포를 연 지 얼마나 됐나요?"

"글쎄, 얼마나 됐지……."

"어른들은 전당포의 존재를 모르니까 꽤 최근인 거죠? 길어 봤자 20년."

"그렇지는 않아. 왜냐하면 스무 살이 되면 여기에 맡긴 추억의 소유권을 영영 잃으면서 동시에 여기 다녔던 기억 자체가 지워져버리니까."

앗, 그래. 친구한테 확실히 들었는데, 리카 자신이 한 번도 추억을 맡긴 적이 없는 탓인지 미처 떠올리지 못했다.

리카는 다른 각도에서 치고 들어가기로 했다.

"당신 같은 마법사는 이 세상에 몇 명 정도 있나요?"

"글쎄."

마법사는 고개를 갸웃했다. 소라빵 모양으로 만 머리칼이 흔들리는 것을 보면서 리카는 자신이 초등학교 시절에 순정 만화 주인공 같은 이런 머리 스타일을 동경했다는 사실을 떠올렸다. 이런 은발보다는 역시 금발 쪽이 좋지만.

"마법사가 몇 명이나 되는지 세어본 적이 없어."

"네에?"

리카가 불만스러운 소리를 내자 마법사가 쿡 웃었다.

"그렇지만 너도 지구에 인간이 전부 몇 명이나 있는지 모르잖아?"

당했다. 60억 명이 넘는다는 것 정도는 알지만, 정확한 숫자까지 알 턱이 없다.

"그럼, 당신과 가장 가까이에 사는 마법사는 어디서 뭘 하나요?"

"글쎄. 이 부근에는 나 하나밖에 없을걸. 조금 더 남쪽으로 내려가면 해변에서 무슨 공장을 하는 마법사가 있다는 얘기는 들은 적이 있지만."

"쓸쓸하지 않아요? 이따금 만나러 가기도 하고 그래요?"

“누구를?”

“만나고 싶은 사람을요. 아, 사람이 아니라 마법사군요.”

마법사는 쓴웃음을 지었다. 아니, 리카에게만 그렇게 보였을 뿐이고, 단지 고개를 갸웃거린 것뿐인지도 몰랐다.

“누군가를 만나고 싶다고 생각한 적, 한 번도 없어.”

“그 말은 당신이 모두하고 사이가 나쁘다는 뜻인가요?”

“아니, 그다지.”

“저는 요전에 감기로 일주일 결석했을 때 반 친구들이 너무 너무 보고 싶었는데. 오랜만에 만나니까 정말 기쁘던걸요.”

그러면서 리카는 반 친구들을 순서대로 머릿속에 떠올렸다. 그러나 대각선 뒤에 앉는 아이자와 유키나리 다음 사람이 떠오르지 않아서 계속 거기서 멈추어 있었다. 왼쪽 무릎을 다쳐서 축구부를 쉬고 있는 그는 거의 웃지 않는다. 억지로라도 보조개를 만들어주고 싶어, 리카는 유키나리의 입가에 살짝 오목하게 들어간 부분을 덧그려봤다.

무심코 자신의 입가에까지 미소를 띤 모양이었다.

“무슨 생각하니?”

마법사가 물었다. 유키나리 이야기는 아사미에게밖에 하지 않았다. 하지만 반 친구도 아니고, 그보다 인간조차 아닌 이 사람에게라면 특별히 비밀로 할 필요는 없을지도 모른다.

"결석했을 때 특별히 만나고 싶었던 사람이 있었는데, 지금 떠올라서……."

"좋아하는 사람?"

갑작스러운 직구에 리카는 당황해 허둥거렸다.

"아, 하지만 한때는 그 애를 엄청 싫어했어요."

"좋아하는데 엄청 싫어했어?"

리카는 수첩과 펜을 테이블에 내려놨다. 그의 이야기를 시작하면 손에 무언가 들고 있다는 것도 잊고 바닥에 떨어뜨릴 것만 같은 기분이 들었다.

"국어 시간이었어요. 교과서에 나온 소설을 읽고 다 함께 우정에 대해 이야기해 보기로 했어요. 선생님이 저를 지명해서, 우리 반 친구와 5년, 10년 지나도 계속해서 우정을 쌓아가고 싶다고 했어요. 정말 그렇게 생각했냐고 따지고 들면 자신 없지만, 그게 선생님이 원하는 대답이란 걸 알았으니까요. 수업 때 진심을 말하는 애가 어디 있겠어요. 다들 똑같이 대답했을 거예요. 그런데 그 애는 달랐어요."

"어떻게?"

"제 대답을 듣고 그 애는 흥 하고 코웃음 쳤어요. 그 소리를 듣고 선생님이 물어봤죠. '그럼 넌 어떻게 생각하니?' 비웃음 당한 게 분해서 저도 걔를 매섭게 노려봤어요. 그런데 걔는 그런 시선도 아랑곳하지 않고 교실 분위기도 상관하지 않고 말했어요. '우정이란 건 결과지, 결의가 아니죠. 5년, 10년 지나면 보통은 다른 학교에 가서 새로운 친구가 생길 거잖아요. 그럼에도 계속된다면 우정일 테지만, 처음부터 그렇게 할 거라고 목표를 정해놓고, 우정인지 뭔지도 모르는데 우정을 느끼는 것처럼 행동하는 건 꼴불견이에요' 하고."

호오 하고 마법사가 대꾸해 준 것에 힘을 얻어 리카는 말을 이었다.

"납득한 게 아니에요. 그 애의 사고방식은 지나치게 극단적인 면도 있어요. 단지 저나 모두가 알고 있던 정답을 말하지 않고 자기 생각을 탁 말해버리다니 멋지다고, 나중에 그렇게 생각했어요. 그다음부터는 점점. 감기가 아니라 주말만 돼도 만나지 못해서 보고 싶은 마음이 가득해져요."

인터뷰가 계획과 전혀 다른 방향으로 폭주하고 있다는 것을 뒤늦게 깨닫고, 리카는 어색하게 덧붙였다.

"그래서 저는 당신도 그런 상대가 있지 않을까 하고, 그걸 알려줬으면 한 거예요."

마법사는 담담하게 대답했다.

"우리에게 보고 싶은 마음 같은 건 없어. 인간이기 때문에 그렇게 생각하는 거잖아?"

"어, 그런가요?"

"그래. 왜냐하면 우리 마법사는 생명이 영원하거든. 그래서 지금 만나지 못하더라도 언젠가는 만날 수 있어. 너희 인간이 누군가를 정말정말 만나고 싶어 하는 까닭은 언젠가 영원히 만나지 못하는 날이 온다는 걸 알기 때문이야."

"아아."

언젠가 영원히 아이자와 유키나리를 만나지 못하는 날이 온다니. 리카는 생각하고 싶지 않았다. 그렇게 되지 않도록, 그가 가려는 고등학교 입학시험을 자신도 볼 생각이었다.

리카의 생각을 읽은 것처럼 마법사는 말을 이었다.

"그래도 언젠가는 죽잖아, 너희는. 그 점이 우리와 다르지. 만약 내가 이 해변에서 1만 년을 산다 하더라도, 그 뒤에 가게를 접고 여기저기 돌아다니면 친구를 찾을 수 있어. 그리고 또 언제든 만날 수 있으니 특별히 재회가 기쁘지도 않지. 소중함을 모른달까."

"소중함……."

리카는 마법사의 말이 잘 이해되지 않았다. 언젠가는 죽어서 만나지 못할 거라고 생각하면서 가족이나 선생님이나 친구를 대하지는 않는다.

"당신은 절대로, 영원히 죽지 않나요?"

절대라는 게 있을까?

"그래."

"그럼 지금 몇 살이에요? 언제 태어났어요?"

"몰라. 마법사 일족이 탄생한 순간은 있었을지 모르겠지만, 아무도 기억하지 못하는 아주 먼 옛날일 거야."

"정말 끝없이 오랫동안 살 수 있구나. 좀 부럽네요."

"그런가."

마법사는 고개를 갸웃했다.

"그럼…… 지금 마법사들은 전 세계에 흩어져서 사나요?"

"전 세계라……. 네가 말하는 세계가 이 지구를 가리키는 거라면 아니야. 우주의 다른 별을 여행하는 마법사도 있으니까. 어디서 뭘 하든, 아니 아무것도 안 해도 돼, 우리 일족은. 먹지 않아도, 마시지 않아도, 누워서 자지 않아도 영원히 사니까."

"먹지 않고 마시지 않아도 된다? 정말요?"

"정말."

리카는 도전적으로 턱을 비죽 내밀지 않으려고 애쓰며 물었다.

"그럼 왜 여기서 가게를 열고 돈을 버는 거예요? 당신 이야기가 정말이라면 가게 같은 거 할 필요 없지 않나요?"

상대를 궁지로 몰아넣었다는 벅찬 기분. 턱을 내밀지 않았어도 의기양양해하는 마음이 전해져버렸는지도 모른다. 하지만 마법사는 움츠러드는 기색도 없이 너무나 시원스레 대답했다.

"시시하니까."

"시시하다고요?"

"할 일 없이 어정어정 돌아다니기만 하는 것도 질리니까. 그래서 생각해 낸 거야. 나도 인간 세계에 발을 들여놔보면 어떨까 하고. 돈의 가치를 익혀서 사람들과 거래하는 건 정말 조마조마해."

"조마조마?"

"그렇잖아. 나한테 1억 엔 정도는 큰돈도 아니지만, 잘못해서 줘버리면 아이들은 깜짝 놀라 쓰러져버리겠지?"

"그건 그렇겠지만……."

"적당한 거래가를 배우는 건 유쾌했어."

"아아."

"인간은 정말 너무 재미있어. 인간이 맡긴 추억을 거듭 보는 것도 재미있고. 마법사에게는 없는 감정을 여러 가지 갖고 있거든. 아까 말한 보고 싶은 기분이나 쓸쓸한 감정. 그런 것들을 보면 정말 신기해."

"흐음."

"있잖아, 넌 고양이 안 키우니?"

"키워요. 미코라고."

"미코는 어때? 재미있지? 고롱고롱 목을 울리기도 하고, 밤에 눈을 반짝반짝 빛내며 뛰어다니기도 하고. 그런 모습을 관찰하면서, 고양이는 인간과 달라서 재미있구나 생각하는 것과 같은 감정일 거야."

그러니까 이 마법사는 인간이 고양이와 동급이라고 말하고 싶은 건가? 혹시 나를 화나게 하려는 건가? 이런 의문이 떠오르려는 것을 꾹 참고 리카는 수첩을 봤다.

질문을 잔뜩 모아왔지만, 대부분 나이나 가족은 어디에 사는지를 묻는 내용뿐이었다. 좀 전에 들은 대로라면 이런 질문을 던져도 더 이상 의미 있는 대답은 돌아오지 않을 듯싶다.

리카는 마법사가 쓴 반다나처럼 생긴 모자에서 손끝까지 찬찬히 바라봤다. 좋아, 내가 궁금한 것을 물어보자.

"이름이 뭐예요?"

"딱히 없어. 마법사라고 불러줘."

"하지만 당신은 전혀 마법사 같지가 않아요. 보통은 매부리코에 쉰 목소리를 내고, 등도 굽어 있고, 검은 망토에 지팡이를 짚잖아요."

"아무래도 그렇지. 그건 나도 아는데 말이야."

마법사가 미소 지었다. 이다음에 무슨 말을 해야 하는지 몰라 리카가 잠자코 있자 그녀 쪽에서 나서서 말하기 시작했다.

"처음에는 그러려고 했어. 모두가 생각하는 마법사의 이미지에 맞춰서 매부리코를 하고, 쉰 목소리를 내고, 등도 구부려 봤지. 마법사는 하려고 들면 뭐든 할 수 있으니까. 그 어떤 것으로도 변신할 수 있어."

"지금 바로 변신할 수 있어요?"

리카는 이렇게 물어보고 나서 서둘러 다음 말을 덧붙였다.

"그렇다고 지금 꼭 변신해 봐달라는 건 아니에요."

이 자리에서 갑자기 연기가 펑 피어오르고, 목소리가 쉰 할머니가 나타나면 놀라서 뒤로 넘어갈지도 모른다.

"바로 변신할 수 있어. 하지만 그러고 싶지는 않아. 인간이 만든 이미지는 재미가 없다고. 매일 검은 망토라니, 시시해."

"흠, 헷갈리네요. 인간이 만든 이미지가 아니라, 애초에 마법사가 다들 그렇게 하고 있었기 때문에, 옛날 사람들이 그 모습을 봐서 지금까지 전해 내려오는 게 아닌가요?"

"아아, 정확하게 이야기하자면."

마법사가 일어나 벽 쪽 선반에서 지도책을 꺼내 왔다. 마계의 비밀 지도인가 싶었는데 인간이 만든 평범한 세계지도책이었다.

"이 부근."

마법사가 북유럽 3국 지도가 그려진 14쪽을 펼치고는 맨 오른쪽에 있는 나라를 가리켰다.

"여기에 있던 마법사가 인간에게 자기 모습을 보였다나 봐. 1000년쯤 전의 일이지만."

"네?"

"마법사라고 해도 마법을 부리는 능력은 다 달라서 말이야. 그 마법사는 꽤 서툴렀대. 1000년이 지난 지금은 능력이 나아졌는지 어떤지 모르겠지만. 어쨌든 그 마법사는 인간 모습을 흉내 내려고 했는데, 눈이 푹 꺼져버린 데다 얼굴도 쭈글쭈글하고, 목소리도 갈라지고, 게다가 옷도 칙칙하게 검은 원피스에 검은 망토, 그리고 검은 모자를 쓴 모습으로 변신해 버렸대. 그리 대수로울 것도 없다고 생각해서, 그 차림 그대로 인간 세계에 나가 자기가 마법사라고 한 거야. 그걸 본 인간들이 동화나 옛날 이야기로 남기면서 전해 내려온 거지."

"흠, 다시 말해 우리가 생각하는 마법사의 이미지는 단지 그 한 마법사의 모습이었다는 건가요?"

"그래."

"그럼 만약 그때 인간이 키가 크고 빼빼 마른 실크해트를 쓴 남자를 봤다면, 우리는 그걸 마법사의 모습이라고 오해했을 거라는 뜻이에요?"

"아마도."

"호오."

의외의 수확이다. 마법사의 사생활을 폭로하는 흥미 위주의 기사가 아니라 사회파, 이렇게까지 말해도 될지 모르겠지만, 애초에 마법사에 대한 우리의 인식과 진실과는 어떤 차이가 있는가 하는 중대한 테마를 던질 수 있을 것 같다. 펜이 속도를 높여 내달린다.

자, 이 기세를 몰아 슬슬 핵심에 접근하자. 리카는 이 인터뷰를 단순한 '마법사 소개'로 끝낼 생각이 없었다.

"왜 애들만 상대하나요? 어른은 이 전당포를 볼 수 없도록 마법을 걸었나요? 돈과 추억을 거래하는 거라면 어른을 상대로 하는 편이 좋잖아요."

"그럴까? 어른은 돈을 벌 수 있잖아. 돈을 구할 방법을 몰라서 곤란해하는 사람이 있다면, 그건 바로 애들이 아닐까?"

그거 말 되네. 고개를 끄덕일 뻔한 리카는 '농락당할 때가 아니야' 하고 왼손을 꼭 쥐어 허벅지에 가져다 대며 기합을 넣었다.

"그렇지만 그 대신 추억을 빼앗아가 버리다니, 너무하지 않나요?"

"너무하다고?"

"그래요. 애가 돈이 궁하다고 하면 그냥 주면 좋잖아요."

"어머, 너, 진심으로 하는 말이니?"

"그럼요."

"나는 나름대로 연구한 거야. 돈을 그냥 주면 애들 교육에 좋지 않으니 뭔가 대가로 받을 만한 게 없을까 하고. 일한 대가로 돈을 받는다. 집에 있는 헌책을 팔아서 돈을 받는다. 이런 식이잖아? 그래서 나도 애들한테 뭔가를 받기로 한 거야."

"하지만 추억을 받다뇨. 사실은 아까 본 그 남자애의 어머니를 아는데."

거짓말이다. 리카는 하루토를 처음 본다. 때문에 마법사가 "그럼 그 애 이름을 말해봐" 하면 끝이다. 하지만 마법사가 물을 기색이 보이지 않아 리카는 말을 이었다. 신문기자로서 거짓말이 좋지 않다는 것은 안다. 하지만 정확하게는 거짓말이 아니라 '속마음을 슬쩍 떠보는' 것이다. 상대는 인간이 아니라 마법사다. 이 정도는 괜찮겠지. 리카는 스스로를 납득시키며 이야기를 이어나갔다.

"그 애 어머니가 걱정하고 있어요. 애 기억이 군데군데 구멍이 뚫려 있다고. 어쩌면 공원 같은 데서 넘어져서 머리를 세게 부딪힌 건 아닐까 하고 동네 아주머니나 학교 선생님께 상담하고 있을지도 몰라요."

"만약 그렇다면 하루토 군 스스로 더 하면 큰일 나겠다 싶을 거야. 그리고 여기에는 더 이상 오지 않겠지."

하루토라는 애구나 생각하면서 리카는 반박했다.

"초등학교에 다니는 어린애가 그런 걸 알 리가 없잖아요."

"아하, 너는 내가 추억 전당포를 하는 게 싫구나."

마법사의 눈동자가 바닥을 알 수 없을 만큼 깊은 호박색으로 변한 것 같아 리카는 눈을 내리깔았다.

"싫은 게……."

그러다 허벅지를 살짝 꼬집었다. 지금 약해지면 여기까지 온 의미가 없다.

"싫은 게 아니에요. 단지 마을 애들은 이 가게를 두고 대피소 같은 곳이라며 당신을 영웅 취급하지만, 나는 그렇게 생각하지 않는다고 말하고 싶을 뿐이에요."

동의할 리 없을 텐데도 마법사는 고개를 끄덕였다. 계속 이야기하라는 뜻이란 것을 깨달은 리카는 마음을 다잡았다.

"추억이란 그 누구도 아닌 본인의 것이라고 생각해요. 어린 애들은 그 부분을 중요하게 생각 않고 '돈만 받을 수 있으면 됐어' 하고 간단히 팔아넘기는지 모르겠지만요."

"파는 게 아니야."

"파는 게 아니라고 해도 판다고 생각하는 애들이 더 많을 거예요."

"정확하게 설명하고 있어. 스무 살이 되기 전에 돈을 돌려주러 오면 추억은 사라지지 않는다, 확실하게 돌려준다. 이렇게. 진짜 전당포와 다르게 이자를 붙이는 것도 아니야. 맡겼을 때 받은 금액만큼 돌려주기만 하면 추억은 되살아나."

"하지만……."

"오히려 본인이 갖고 있으면 잊어버릴 것 같은 작고 사소한 추억까지도 나는 정성껏 파일에 넣어서 맡아두지. 그런 추억을 돌려받으면 '아아, 이런 추억이 있었구나' 하고 오히려 감동할지도 몰라."

"그건……."

"하지만 백 명 중 한두 명뿐이야. 추억을 되찾으러 오는 건."

"네?"

"없으면 없는 대로 살아도 별 지장이 없어. 추억을 잊어버렸다는 걸 주변에 들켜도 '벌써 까먹은 거야?'라는 말만 듣고 끝이거든. 그렇다면 일부러 찾으러 올 이유가 없겠지. 다시 말해 인간에게 추억은 그렇게 중요하지 않아."

"스무 살이 넘은 사람의 추억은 어떻게 하나요? 버리나요?"

"버리지 않아. 파일은 보관해 두지. 이따금 펼쳐볼 때도 있어. 왜냐하면 내가 보지 않으면 그 추억은 평생 그 누구한테도 회상되지 않으니까."

"파일이 너무 많아지면? 추억을 많이 모으면 책장 같은 건 금방 꽉 차버리잖아요? 그러면 조금씩 버리는 거 아니에요?"

정색을 하고 따지는 리카에게 마법사는 몇 번이고 부드럽게 고개를 가로저었다.

"바다에 가라앉혀."

"뭐라고요?"

"책장에서 흘러넘친 추억은 일일이 불가사리 모양으로 바꿔서 이 해안에 잠재우고 있어."

"그럼 이 근방은 불가사리만 우글거려서 생태계가 이상해질 거예요."

"아니, 내가 만든 불가사리니까 먹이는 먹지 않아. 그저 바닷속에서 잠만 자지. 그러다 점점 작아져서 마지막에는 별 모양을 한 모래가 된단다."

"그런……가요?"

졌다. 리카는 더 이상 저항할 방책이 없다는 것을 깨달았다.

"그래도 나는…… 추억을 전당포에 잡히는 건 뭔가 아니라는 생각이 들어요."

이제 막연한 말밖에 할 수 없다. 창가를 보니 아까까지 집안일을 하던 다람쥐가 제 꼬리를 베개 삼아 낮잠을 잔다. 창밖으로 암초에 부서지는 파도가 보인다.

뭔가 아니라니. 설득력 없어도 너무 없어. 신문부면서. 신문부인 주제에.

파도가 그렇게 말하며 밀려오는 듯했다.

"있잖아, 이거 재미는 있어. 너한테 이런 재능이 있는 줄은 몰랐구나."

신문부 담당 교사 아카쓰카가 중얼거렸다. 방과 후 국어과 준비실은 석양을 받아 검은색 컴퓨터도, 크림색 커튼도, 갈색 책장도, 모두 오렌지색 막으로 감싸인 것처럼 물들었다.

리카는 선생님 옆에 서서 그다음 말을 기다렸다. 아카쓰카 선생님은 가을이 됐는데도 항상 셔츠 한 장만 입고 있다. 신문부 활동 때문에 만날 때마다 "밖은 이제 곧 단풍이 들어요. 선생님 혼자 여름 속에 남아 있어도 괜찮겠어요?"라며 놀렸는데, 지금의 리카는 억양을 분석하는 것도 버거웠다.

재미있어. 재능이 있구나. 이런 긍정적인 내용에 비해 곧게 뻗은 논두렁길을 몇 킬로미터나 계속 걷는 듯한 단조로운 말투는 무슨 의미일까?

선생님은 책상에 놓인 원고를 다시 손에 들고 훌훌 넘겼다. A4 사이즈로 세 장. 400자 원고지로 환산하면 약 아홉 장이 될 터였다. 집에서 숨도 쉬지 않고 다다다 키보드를 두드려가며 작성한 원고를 점심시간에 신문부실에서 프린트했다. 도중에 아사미를 비롯한 동기 부원들이 읽고선 “대단해. 기대 이상이야!”라고 말해서 용기를 얻은 참이었다.

줄곧 잠자코 있는 선생님을 보고 있자니 참을 수가 없어 리카는 이렇게 말해봤다.

“사진은 찍었는데 나오지 않았어요.”

선생님이 고개를 들었다. 숱이 적어진 정수리를 덮듯 앞머리를 뒤쪽으로 매만지고 있다. 그 머리칼도 얼굴도 눈동자까지도 오렌지색이다.

“응? 찍었다니?”

“네. 디지털카메라로 열 장 정도. 간판이랑 집 외관 같은 걸요. 사실 마법사한테 간판 아래 서 있어달라고 하고 두 장을 찍었어요. 그것도 나중에 확인해 보니까 전부 데이터가 지워졌더라고요. 뭐 어쩔 수 없죠. 역시 마법사가 자기 모습을 어른이 보면 난처해질 거라고 생각하고 지우는 마법을 건 게 틀림없어요.”

"흠. 철저하구나."

"그렇죠. 안 그러면 마법사도 인간 세계에 오래 머물 수 없는 건지도 몰라요. 마법사가 모두의 상상과 다르게 외국의 예쁜 귀부인같이 생겼다는 사실을 알면 어른들도 놀랄걸요. 아! 그래, 일러스트를 넣어볼까?"

"아, 아니 아니, 그런 게 아니라."

선생님은 리카를 말리는 듯 양 손바닥을 펼쳐 보인 다음 말을 이었다.

"내가 '철저하다'라고 말한 건 마법사가 아니라 바로 네 세계관이야."

"제, 세계관요?"

"중학생이 이렇게까지 이야기를 만들어낼 수 있다니 특별하다고 생각해."

"네?"

"단지 가장 중요한 부분을, 아니 다시 말해서 너무 당연해서 선생님이 말하는 걸 잊고 있었는데……."

"무슨 말씀이세요?"

"신문기사란 말이지, 정말 일어난 일만 쓰는 거야."

말문이 막혔다. 리카는 목을 막은 음식물을 안으로 밀어 넣듯이 가슴 부근을 주먹으로 때렸다.

"그러니까 선생님은 제가 거짓을 썼다고 생각하는 거예요?"

"거짓이라고는 생각하지 않아. 훌륭한 이야기야."

"이야기가 아니라 진짜라고요."

"공상이 심하구나."

"네에?"

"상상력이 지나쳐. 소설이나 만화, 텔레비전 드라마, 영화가 정말 주변에서 일어나고 있는 일이라고 혼동한 적 없니? 아니, 혼동하고는 조금 다른가? 생활하고 있는 현실보다 공상의 세계를 택해서 들어간다고나 할까. 나한테 그런 버릇이 있구나 하고 의식할 필요가 있단다. 그래, 내년에는 고입 시험을 볼 텐데, 입시 국어에서는 상상이 아니라 현실을 기반으로 해 답을 고르지 않으면 안 되니까 말이야."

리카는 돌파구를 생각해 냈다.

"다른 부원한테도 물어봐주세요. 아사미나 미노리요."

"뭐?"

"이걸 프린트할 때 걔네도 있었어요. 제가 원고를 보여줬다고요."

"으음……, 그랬더니?"

"대단하다고, 재미있다고 그랬어요. 자기들이 몰랐던 게 많다고요. 물론 걔네도 마법사를 만난 적이 있어요. 제가 처음 추억 전당포에 가본 게 추억을 팔러 가는 아사미를 따라서였으니까요."

"흠."

"원고를 보여준 건 2학년뿐이지만 1학년들도, 선배들도 알아요. 제가 취재한다는 거. 아무한테나 물어봐주세요. 소문이 퍼졌으니까 반 아이들한테도."

아카쓰카 선생님은 앉은 채로 손을 뻗으려다가, 이럴 때는 역시 일어서지 않으면 안 된다고 생각을 고친 듯 벌떡 일어나 리카의 어깨를 토닥였다. 누가 봐도 훌륭한 교사가 고집불통 학생을 달래는 듯한 태도. 만약 손을 그대로 올려뒀다면 리카는 틀림없이 어깨를 으쓱여서 떼어냈을 것이다.

"다른 애들한테도 물어볼게. 그래, 옳은 발상이야. 신문기자의 세계에서는 그런 걸 배경 조사라고 하지. 어떤 이야기를 들으면 그게 사실인지 어떤지 확인하는 거야. 이래 봬도 선생님도 신문부 담당 교사란다. 물론 조사는 할 거야. 사실이라고 생각하지는 않지만, 어딘가에 이런 생각을 하게 할 법한 전당포가 있는지, 이런 우스꽝스러운 이야기를 퍼뜨리는 아저씨가 마을을 배회하는지, 무엇보다 그런 가능성을 확인하고 싶구나."

아카쓰카의 머릿속에 '이건 픽션'이란 생각이 단단히 자리를 잡은 모양이었다. 리카는 잠자코 다음 말을 기다렸다.

"그러니까 결과적으로 네 희망대로 된 거지만, 아까 2학년 부원 세 명 모두 모아서 물어봤어. 미노리하고 사나에하고 아사미."

"그렇다면 이야기가 빠르겠네요. 모두의 생각에도 제대로 귀를 기울여주세요."

사실은 세 사람 모두 취재에 따라가고 싶다고 간절히 바랐다. 그런데 여럿이서 들이닥치면 마법사가 경계할 것 같다며 리카가 막았다. 특종은 나 혼자서 터뜨리고 싶다. 그런 욕심도 몇 퍼센트는 있었지만.

"귀를 기울였지."

"뭐라고 말하던가요?"

"세 사람 모두 그런 이야기는 들은 적 없다고 했어."

"잠깐만, 설마! 말도 안 돼요."

아카쓰카 선생님은 고무로 만들어진 것처럼 고개를 흐느적흐느적 몇 번이고 좌우로 저었다.

그 목을 잡고 마구 뒤흔드는 자신을 상상하며 리카는 말을 이었다.

"취재는 제가 했지만, 사전에 질문을 정리할 때 세 사람 다 도와줬다고요. 아까 말한 것처럼 다 쓴 원고도……."

"그런 식으로 생각하고 싶었구나. 세 사람을 네 꿈에 등장시키고 싶었던 거지?"

"이야기 속 등장인물인 것처럼 말하지 마세요."

"셋 다 이번 특집 소재가 마법사라는 이야기 자체를 처음 들었다던데."

"무슨 소리예요?"

"나가사와, 혹시 신문부 부장 일이 부담스러우면 다른 사람하고 바꿔도 돼. 조금도 불명예스러운 일이 아니야. 남동생한테 들었는데, 진짜 신문기자 중에도 '출세는 안 해도 되니까 평생 말단 기자로 현장에 있고 싶다'고 회사에 부탁하는 사람도 있다더라."

선생님의 남동생은 도쿄에서 신문기자를 하고 있다. 그게 뭐 어쨌다고. 지금은 남동생이 뭐라고 했든 상관없어.

"그만둘래요."

정신을 차리고 보니 이렇게 말하고 있었다.

"그만둔다니, 부장 말이야?"

안심하는 선생님을 보고 리카는 턱을 치켜들고 말했다.

"아뇨. 신문부를 그만두겠습니다. 공상에 빠져 사는 부장은 신문부에 남아 있을 이유가 없죠."

리카는 선생님 책상에 놓인 원고를 잡아챘다.

"어, 나가사와, 나쁘게 받아들이지 마라. 네 공상을 비웃는 게 아니야. 그냥 좀 걱정이 돼서……."

말이 끝나기도 전에 리카는 국어과 준비실 문을 탁 닫았다. 그래, 신문부실이다. 우선 신문부실에 가자. 아사미, 미노리, 사나에는 무슨 생각인 거야? 내가 공을 독차지하는 것 같아서 심술을 부리는 건가?

잔달음질치려고 했지만, 흥분한 나머지 발이 꼬여 깡충깡충 뛰는 꼴이 됐다. 아니면……. 리카가 발걸음을 멈췄을 때 뒤에서 말소리가 들려왔다.

"나가사와."

어? 뒤돌아보니 교실에서 대각선 뒤에 앉는 아이자와 유키나리였다. 말수 적은 유키나리가 먼저 말을 걸다니, 평소라면 일기 맨 첫 줄에 적을 만한 사건이다. 하지만 리카의 울분을 날려버리기에는 부족했다.

"왜? 지금 바빠."

"어디 가는데?"

"신문부실."

"아사미들이라면 없어."

"뭐?"

리카는 발을 멈췄다. 그러고 나서 천천히 뒤를 돌았다. 혹시 얘도 그쪽 편인가?

"부탁을 받았어."

"무슨 부탁?"

"어째서 자신들이 선생님께 모른다고 했는지 대신 설명해 달래."

이루 참을 수 없을 만큼 짜증이 치밀었다. 이제 눈앞에 있는 아이자와에게 터뜨리는 수밖에 없었다.

"어째서 너하고 상관없는 신문부 일에 끼어드는 거야? 넌 축구부잖아. 아니면 혹시 아사미하고 사귀기라도 해? 남자 친구로서 의견을 말하고 싶은 거야?"

"아니…… 그러니까 말이지."

"뭐야."

"옥상에서 이야기할까? 애들이 보는데."

"뭐?"

복도 끝에서 1학년인 듯한 여학생 둘이 이쪽을 보고 있다는 것을 리카는 겨우 알아차렸다. 게다가 아카쓰카 선생님이 국어과 준비실 문을 반쯤 열고 얼굴을 내밀고 있었다. 나오고 싶은데 그러지 못하고 있었던 모양이었다.

리카는 딱딱하게 굳은 얼굴로 계단을 오르기 시작했다.

'옥상에 자유롭게 출입할 수 있는 것은 2학년 이상'이라는 암묵적인 규칙이 있다. 게다가 옥상 한쪽에 있는 작은 창고 뒤편은 반을 장악하고 있는 요란한 남녀의 데이트 명소다. 출입은 자유지만, 짙은 러브신을 봐도 소리를 내선 안 된다는 것이 약속. 다시 말해 가까이 가지 않는 편이 무난하다.

그런 까닭에 리카와 유키나리는 전망 좋은 서쪽에 자리를 잡고 철조망에 몸을 기댔다. 요 며칠 동안 궂었던 날씨가 풀려 따뜻해진 바람이 블레이저 소매를 들어 올리는 것이 기분 좋았다. 역시 유키나리와 이야기를 한다면 복도보다는 옥상 쪽이 좋다. 나풀거리는 그의 앞머리를 바라보며, 리카는 바람이 강한 전망대에서 데이트를 하는 듯한 기분이 들었다. 지금이라면 부원들이 배신한 전말도 차분하게 들을 수 있……을 리는 역시 없어서 리카는 나직하게 물었다.

"그래서 뭐야?"

"나, 사귀는 사람 없어."

"뭐?"

"우선 아까 질문에 대답해 봤어."

"하아."

"아사미랑 사귀기라도 하느냐고 물었잖아."

"아, 으응."

그렇구나. 아이자와 군, 여자 친구 없구나.

"걔네가 부탁했어. 리카한테 직접 변명하면 이야기가 이상하게 흘러갈 거라면서. 여자들끼리는 감정적이 되기 쉬워서 잘 말할 수가 없대. 그래서 편지를 쓴 모양인데, 터무니없이 길어져서 '분명 리카는 끝까지 읽어주지 않을 거야', 이러더라."

"응, 안 읽어."

"그래서 나한테 부탁한 거야. ……그러니까 걔네 말로는 나가사와는 틀림없이 나를 싫어하지 않을 거라면서."

리카는 혀를 차려다가 서둘러 입을 꾹 다물었다. 아사미 녀석. 용서 못 할 일이 또 하나 늘었다. 절대 비밀이라고 약속했으면서.

입을 꾹 다문 탓에 표정이 더 험악해진 모양이었다. 유키나리가 난처한 얼굴로 말했다.

"아니, 나는 굳이 말하자면 나가사와한테 미움을 받고 있다고 생각해. 걔네한테는 이렇게 말했어. 그러니까 요전 국어 수업에 네가 발끈하기도 했고."

"아니야!"

강하게 부정했더니 더더욱 화난 말투가 돼버렸다.

"어? 화나지 않았다고?"

"응……."

"그럼 본론으로 돌아가서."

"그래."

"걔네가 왜 아카쓰카 선생님이 물어봤을 때 모른다고 했느냐면."

"말해. 확실하게."

"지키고 싶었대. 마법사를."

"뭐?"

"점심시간에 리카의 원고를 읽어보니 정말 속속들이 취재해서, 이 사실이 알려지면 아무리 어른들이라도 마법사를 찾으러 해안으로 갈 것 같았대."

"하지만 추억 전당포는 어른들 눈엔 안 보여."

"그래? 나는 한 번도 간 적이 없어."

"정말?"

"이상한가?"

"아니, 나랑 비슷해서. 나도 취재할 때가 세 번째였거든. 너하고 크게 다르지 않아. 그보다 말이야, 어른이 와도 마법사는 무사하다고. 본인도 그걸 알기 때문에 당당하게 취재에 응해준 거야."

"하지만 어른들이 보지는 못하더라도 출입 금지를 할 수는 있잖아?"

"출입 금지? 어디를?"

"해안까지 꽤 경사진 길을 내려가야 한다고 들었어."

"응."

"거기를 막아버리면 아무도 내려갈 수가 없어."

"그럼 분명히 마법사는 마법을 부려서 전당포를 다른 데로 손쉽게 옮기지 않을까?"

"그럴지도 모르지만, 어쩌면 '굳이 이 마을이 아니어도 괜찮구나' 하고 깨달아서 아주 먼 데로 가버릴지도 몰라."

리카는 대답하지 못했다. 그런 생각은 전혀 하지 않았다.

"그런 데까지 생각이 미쳐서, 5교시가 끝나면 너한테 선생님께 원고를 보여드리지 말라고 할 생각이었나 봐. 그런데 네가 이미 아카쓰카 선생님한테 원고를 드려버려서, 어쩔 수 없이 선생님께 거짓말해서 어떻게든 기사를 막으려고 했대."

또르르, 눈물이 흘러내려 리카는 놀랐다. 머릿속에서는 '아사미들의 판단이 틀리지 않았는지도 몰라' 하고 생각하는데 눈물샘이 말을 듣지 않았다. 입에서 튀어나온 말은 제 자신도 의외였다.

"틀림없이…… 아이자와 군도 선생님이랑 똑같아."

"어?"

"담담하게 부탁받은 말을 하고 있어. 그 말투로 알 수 있어. 추억 전당포, 간 적 없잖아. 그래서 내가 망상으로 지어냈다고 생각하잖아."

"무슨 소리야? 그럴 리가 없잖아."

"그럼 이거 읽고 감상을 말해줘."

리카는 선생님 책상에서 다시 가져온 원고를 툭 내밀었다.

"이게 그 원고구나."

이렇게 말하는 유키나리의 검은 눈동자는 이미 왼쪽에서 오른쪽으로 흘렀다가 또 왼쪽으로 돌아간다. A4 용지에 프린트한 원고를 열심히 좇고 있다.

그의 표정에 실망이나 의심이 떠오르는 것을 보고 싶지 않아 리카는 철조망 너머 운동장을 내려다봤다. 아사미가 보였다. 언제나 리카를 포함해 네댓 명이서 왁자지껄 떠들며 돌아가는데 오늘은 혼자다. 등을 구부리고 터벅터벅 걷는다.

바보! 정밀 싫어.

여기서 그렇게 소리치면 정말 기분이 좋겠다. 리카는 철조망을 양손으로 붙잡고 흔들었다.

갑자기 드보르자크의 교향곡 9번 <신세계로부터>가 교내 방송에서 흘러나왔다. 최종 하교 시각까지 앞으로 30분 남았다는 것을 알리는 사인이다.

유키나리는 음악이 나오고 있다는 것을 알아차리지 못했다. 꼼짝도 하지 않고 종이를 넘겨 마지막 세 번째 장을 읽고 있었다. 그가 감상을 말할 순간이 다가오고 있다. 리카는 볼이 달아올랐다. 이미 석양을 받아 붉어져 있기 때문에 겉으로는 그 차이를 알 수 없겠지만.

옥상에는 이제 아무도 없다. 이제 곧 교무원이 문을 닫으러 올지도 모른다. 리카가 신경이 쓰여 문 쪽을 돌아보는데 유키나리가 고개를 들었다.

"믿어."

그는 이렇게 말했다. 그리고 다시 한번 되풀이했다.

"믿어, 나가사와가 쓴 원고."

"고마워."

석양은 마법사의 가게에서 마신 주홍색 홍차 같았다. 우주 끝까지 다른 것이 섞이지 않은 순수한 색. 리카는 선회하는 잠자리를 올려다봤다. 낮은 곳에서 다섯 마리, 높은 곳에서는 마흔 마리 정도가 계속해서 빙글빙글 돌고 있다. 홍차를 크게 휘젓는 것처럼.

"역시 아이자와 군 말이 맞았어."

"뭐가?"

"우정이란 지키려 노력한다고 이어지는 게 아니야. 이렇게 쉽게 끝나버려."

"화해 안 할 거야?"

"응, 무리야."

"그런가."

"응, 절대 무리."

"그럼 무리하지 마."

그 말을 듣자마자 리카는 무심코 훗 하고 웃음을 터뜨리고 말았다.

"보통 화해하라고 말할 것 같은데."

"나한테는 그런 정론이 안 어울리잖아."

"그건 그렇지만……."

"그렇지만 뭐?"

"친구가 하나도 없으면 쓸쓸하겠지."

대답이 없었다. 10초도 지나지 않아 리카는 방금 한 말을 취소하고 싶어졌다. 만약 눈앞의 공기를 후욱 들이마셔서 그 안에 든 발언을 취소할 수 있다면 당장이라도 그랬을 것이다. 분명 얘는 응석부리는 걸 무엇보다도 싫어할 거야.

그런 식으로 내심 허둥거리고 있었기 때문에 리카는 제 귀를 의심했다.

"…… 해줄까?"

"어?"

"내가 옆에 있어줄까?"

혹시 마법사가 온 동네에 마법을 건 걸까? 리카는 멍하니 이런 생각을 하면서 교내에 울려 퍼지는 <신세계로부터>를 듣고 있었다.

"만나줬으면 하는 사람이 있어."

유키나리에게 이 말을 듣고부터 리카는 '만나줬으면 하는 사람'이 누구인지를 줄곧 생각했다.

좀처럼 버스가 오지 않아 정류장에서 15분째 기다리는 중이다. 다른 사람이라면 신문부에서 실력을 쌓아온 질문 공세로 철저하게 추궁하겠지만 유키나리에게는 아직 예의를 차리게 된다. 옥상에서의 그날로부터 석 달이 지났다. 사귄다고도 그렇지 않다고도 할 수 없는, 어중간한 상태가 이어지고 있다. 혹시 그의 부모님께 인사드리러 가는 걸까? 하지만 이 버스 노선은 유키나리 집 쪽으로 가지 않을 텐데.

드디어 도착한 버스에 올라타니 따끈따끈한 난방 덕분에

피가 힘차게 온몸을 돌기 시작했다. 리카는 넓적다리를 스커트 위로 가볍게 문질렀다. 유키나리를 위해 새빨간 미니스커트를 입고 하이삭스에 롱부츠까지 신었다. 덕분에 넓적다리는 이 한겨울에 맨살이다. 그런데도 유키나리는 뭘 골똘하게 생각하는지, 리카의 옷차림에 대해서는 아무 말도 해주지 않았다.

"어, 병원에 가는 거야?"

유키나리를 따라 내린 곳은 구지라사키 종합병원이었다. 정류장에 선 리카는 낡은 건물을 올려다봤다. 1975년에 지은 이 병원은 리모델링을 거듭하고는 있지만, 벽에 군데군데 희미하게 금이 가 있다. 구지라사키 마을 사람들끼리는 구급차로 이송될 때 이 병원이면 '꽝'이고, 이웃 시 종합병원이면 '당첨'이라고 농담할 정도다. 그래도 뼈가 부러지거나 정밀 검사가 필요할 때면 마을 사람 대부분은 결국 여기로 온다.

유키나리는 익숙한 듯 정문 현관을 들어섰다. 왼쪽 카운터에 "면회자는 이름을 적어주세요"라고 적힌 푯말이 서 있지만, 그는 신경도 쓰지 않고 계단을 오르기 시작했다.

리카는 쫓아가다가 결국 인내심이 한계에 달해 그의 폭신폭신한 코트 소매를 잡아당겼다.

"있잖아, 누구 만나러 가는 거야? 무슨 병을 앓고 있는데?

아, 혹시 실례되는 말을 할까 봐 그래."

층계참에서 유키나리가 멈춰 섰다.

"실례되는 말, 해도 괜찮아."

"어?"

"금방 잊을 거야."

"잊을…… 거라고?"

"그래, 알츠하이머병이라고 하나? 치매에 걸렸거든. 아니, 완전히 치매는 아니고 그날그날 달라. 평범하게 말할 수 있을 때도 있고, 나를 다른 사람으로 착각할 때도 있고."

"그렇구나……."

"증조할머니. 나는 하쓰 할머니라고 불러."

"성함?"

"응."

"연세가 어떻게 돼?"

"여든여섯. 아니, 일곱이었나? 우리 집, 가게 하잖아. 부모님도, 할머니도 일하셔서 초등학교를 졸업할 때까지 매일 하쓰 할머니랑 저녁을 먹었어."

"초등학교 졸업이라면 불과 2년 전……."

"갑자기 탁 온 모양이야. 내가 중학교에 들어가고 나서 하쓰 할머니 집에 가지 않았기 때문일까?"

"그럼 지금은 치료 때문에?"

"아니, 치료가 그리 순조로운 것 같지는 않고, 지금은 정형외과. 다쳐서 길에 쓰러져 있다가 실려 왔어. 왼발이 복합골절됐대. 차에 치인 게 아닐까 의심스럽지만 할머니는 잘 기억나지 않는지 제대로 설명을 못 해."

"그렇구나."

다시금 유키나리가 계단을 오르기 시작했다. 병실은 3층 간호사실 안쪽이었다.

"1인실이구나."

"처음에는 4인실에 있었는데 한밤중에 소란 피우고, 발을 움직이지 못하는데 걸어 다니려고 하고 난리라 어쩔 수 없이 옮겼어."

"그렇구나……. 그런데 나는 평소처럼 말하면 돼?"

"딱히 이것저것 신경쓰지 않아도 괜찮아. 그냥 하쓰 할머니의 얼굴을 봐뒀으면 해서 같이 온 거니까."

"응."

병실 문은 열려 있었다. 마침 간호사가 병세 등을 묻는 참이었다.

"아이자와 씨, 어제부터 진통제 끊었는데 어때요? 혹시 아프시면 선생님한테 약을 조금 더 처방해 달라고 할게요."

옛날 건물이어서인지 천장이 높아, 방이 넓게 느껴졌다. 리카는 들어가도 되는지 망설여져, 입구에서 들여다봤다. 유키나리는 침대 쪽으로 다가갔다.

"어, 머, 유키, 짱."

목에 걸리는 듯 떠듬떠듬한 말투. 그래도 리카가 상상한 것보다는 건강한 듯 보였다. 유키나리도 비슷하게 느낀 모양이었다.

"다행이다, 하쓰 할머니. 오늘은 얼굴색이 좋아."

유키나리는 리카를 손짓해 불렀다.

"같은 반 친구, 나가사와 리카."

인사하면서 리카는 하쓰 할머니의 피부가 부들부들한 것에 놀랐다. 리카의 할머니는 예순다섯이지만, 눈 밑이나 입가 주름은 더 깊다.

하쓰 할머니가 쿡쿡 웃었다.

"유키나리가, 여자, 친구를 데리고, 와준 건, 몇 번째지? 세, 번째? 아니, 다섯 번째?"

"무슨 소리야? 아니야. 처음이라고."

유키나리가 당황해하며 허둥지둥 바로잡는 것을 보고 리카는 하쓰 할머니와 마주 보고 웃었다.

문득 그의 얼굴이 진지해졌다.

"하쓰 할머니. 왜 이렇게 다쳤는지, 오늘은 생각날 것 같아?"

"글쎄에."

하쓰 할머니는 그렇게 대답하고 우후후 밝게 웃었다. 후우. 유키나리가 한숨을 깊이 내쉬었다.

"이렇게 추운데 잘도 차가운 콜라를 마시는구나."

리카가 딴죽을 걸자 유키나리가 서늘한 얼굴로 대답했다.

"얼음이 머리를 쨍쨍 울리는 게 좋아."

리카가 마시는 것은 코코아였다. 자판기 캔 음료가 아니다. 병원의 번듯한 식당에서 유키나리가 사준 것이었다. 리카는 찢어서 내고 남은 식권 반쪽을 평생 기념으로 삼으리라 마음먹었다.

"하쓰 할머니, 멋졌어."

멋진지 어떤지를 알 정도로 이야기를 많이 나누지는 않았다. 그저 그렇게 말하면 유키나리가 기뻐해 줄 것 같았다. 하지만 그의 얼굴은 생각만큼 밝아지지 않는다. 그래서 리카는 말을 이었다.

"치매인 줄 전혀 모르겠어. 평범하게 이야기를 나누고 즐거웠어."

"하지만 역시 기억 못 해."

유키나리가 나직이 중얼거렸다.

"뭘 말이야?"

"어쩌다 다쳤는지."

"아아, 기억 못 하시는 것 같더라. 너무 아파서 정신을 잃으셨는지도 몰라."

유키나리는 골난 얼굴로 창밖만 바라봤다. 생각 끝에 리카가 먼저 입을 열었다.

"사고라면 혹시 뺑소니를 말하는 거야?"

유키나리는 고개를 끄덕였다.

"경찰은 뭐래?"

"정황상 의심스러운 부분은 있대."

"의심스러운 부분?"

"할머니 신발이 5미터나 날아가 있었대."

"뭐라고? 넘어지기만 해서는 신발이 그렇게까지 날아가지 않아."

"본인의 증언이 없고 목격자도 없어. 의심스러운 차량도 없어. 그래서 수사에 한계가 있대."

"그렇구나. 그래도 할머니가 돌아가시지 않아서 다행이야.

다시 걸으실 수 있는 거지?"

"골절이 완치되려면 석 달. 그때까지 병원에서 꼼짝 않고 있으면 틀림없이 치매가 악화될 거야."

"괜찮으면 나도 앞으로 종종 병문안 올게. 누가 오면 뇌에 자극이 될 거야, 분명."

올 때마다 코코아 데이트를 할 수 있다면, 그 나름대로 휴일을 즐겁게 보낼 수 있을지도 모른다. 솔직히 영화를 보거나 스케이트를 타러 가고도 싶지만.

결의를 표명하는 리카에게 유키나리는 분명하게 고개를 가로저었다.

"너랑 의논하고 싶은 건 그런 게 아니야."

"어?"

"다른 걸 의논하고 싶어."

"의논?"

"추억 전당포 말이야."

"왜 갑자기 전당포 얘기를 하는 거야?"

"전에도 말했지만, 나는 한 번도 간 적이 없어. 사실은 도시 전설 같은 거라고 생각해서 반은 믿지 않았어. 몰래카메라 같은 게 숨겨져 있어서, 두근거리는 마음으로 벼랑을 내려가면 모두한테 비웃음을 살 것 같았거든."

리카는 말없이 쓴웃음만 지었다.

"그런데 네가 원고를 보여줬잖아? 마법사를 인터뷰하고 썼다는 거."

"응."

"내가 믿는다고 했지?"

리카는 고개를 끄덕였다. 유키나리가 그때 그렇게 말해줬기 때문에 아사미들과의 일은 이제 어찌 되든 상관없다고 생각할 수 있었다. 결국 신문부는 그대로 그만두고 말았다.

"그러니까 그 전당포에 데려가주지 않을래? 넌 여러 번 갔잖아."

"응. 네 번 갔어. 마지막으로 간 건 그 기사가 불발된 다음."

"인터뷰가 수포로 돌아갔다니까 마법사는 뭐랬어?"

"어머, 그러니. 그 정도."

"흠. 그럼 관계가 나빠진 건 아니구나."

"응, 그다지."

어느새 코코아에 막이 생겼다. 리카는 막을 스푼으로 떠내면서 물었다.

"그래서 유키 군은 어떤 추억을 맡기고 싶은데?"

이야기가 흘러가는 걸 보면, 역시 하쓰 할머니와의 추억인가? 설마.

"아니, 그게 아니라 교섭하고 싶어."

"교섭?"

"그 마법사 말이야, 사실은 어떤 마법이라도 부릴 수 있잖아? 스무 살 이전의 아이들만 상대한다고는 하지만, 어른의 추억도 살 수 있는 거 아냐?"

사는 게 아니라 맡아두는 거야. 전당포니까. 이렇게 지적하는 것도 잊고 되묻고 말았다.

"어른이라니, 누구를 말하는 거야?"

"알잖아."

"하쓰 할머니?"

"그래."

"하쓰 할머니의 머릿속 추억을 마법사에게 맡기겠다고? 그래서 어쩌려고?"

"할머니는 치매에 걸려서 어떻게 다쳤는지 기억나지 않는다고 하지만 뇌에는 분명히 기억이 남아 있을 거야. 마법사가 그 기억을 끄집어내준다면……."

리카는 조심조심 뒤를 이었다.

"범인을 알아낼 수 있다고?"

"맞아!"

"그렇지만 마법을 써서 정보를 손에 넣더라도 경찰한테는 뭐라고 해?"

"그런 건 하쓰 할머니가 갑자기 제정신이 돌아와서 말했다든가 하면서 얼마든지 둘러댈 수 있어."

"그런가?"

"거짓말이 아니니까 괜찮아. 정말로 할머니 머릿속에 있는 정보니까."

"하지만 마법사가 승낙할까?"

어째서인지 리카는 "그래! 알아보자. 마법사한테 도움을 청하자"라고 말할 기분이 들지 않았다. 그런 리카의 기색을 바로 알아차리고, 유키나리가 낮은 목소리로 딱 잘라 말했다.

"의논이라고 했지만, 너한테 마법사가 어떻게 생각할지를 물어보려는 건 아니야."

"어?"

"그냥 언제 가면 좋을지, 어떻게 하면 내 이야기를 들어줄지, 그게 궁금해. 마법사가 어떻게 생각하는지는 내가 직접 물을 거야."

친구한테도 이런 식으로 말할까? 오해받기 쉬운 타입이라고 리카는 생각했다. 남자들끼리의 인간관계는 잘 모르지만 의외로 적이 많을 것 같다는 느낌도 들었다. 그렇다면 나는 든든한 아군이 돼줘야지.

"응, 알았어."

리카는 미소를 보이며 다시금 코코아에 뜬 막을 걷어내기 시작했다.

바람이 거세다. 아니, 아프다는 말이 더 맞는 것 같다. 소나무가 세찬 바람을 조금 막아주기는 하지만, 그래도 절벽 위는 자칫하면 발을 헛디디지 않을까 싶을 만큼 공기가 요란하게 휘몰아쳤다.

"좀 위험하려나."

유키나리가 절벽 계단을 내려다보며 말했다. 리카는 유달리 밝은 목소리로 물었다.

"그럼 그만둘까?"

자신이 추억 전당포까지 안내하지 않으면 혼자서는 가기 힘들 텐데. 이렇게 생각하니 어쩐지 유키나리의 모든 생살여탈권을 쥔 듯한 기분까지 들었다.

"혹시라도 네가 바람에 균형을 잃고 절벽에서 떨어지면 어쩌나 싶어서."

진심인지 아부인지, 유키나리가 이렇게 말했다. 리카는 심술궂게 생각한 것을 후회하며 서둘러 말했다.

"괜찮아. 계단을 내려가기 시작하면 금방 알 거야."

"뭘?"

"어서."

리카가 앞장서서 내려가기 시작했다. 마흔 걸음 정도 내려간 곳에서 돌계단 방향이 오른쪽으로 완만하게 틀어진다.

"이것 봐."

"어라? 아아."

유키나리가 웅크리고 앉았다. 큰개불알풀이 작은 푸른색 꽃을 피우고 있다.

"이 겨울에 어떻게."

"바람이 갑자기 따뜻해졌지?"

"어떻게 된 거지?"

"마법사가 한 거야. 너무 춥고 바람이 강하면, 애들이 추억을 맡기러 가던 중에 돌아가버리잖아. 그래서."

"세상에, 영업에 진심이잖아."

"나도 겨울에 오는 건 처음이지만, 전에 친구가 말해줬어. 걔는 집에 있던 온풍기가 고장났을 때 수리하는 사람이 올 때까지 여기로 피난을 와 있었대."

아사미 이야기지만, 그 이름은 말하기 싫었다.

이내 나무숲 사이로 추억 전당포가 보이기 시작했다.

"저거구나."

유키나리의 울대뼈가 출렁이는 것이 보였다. 하지만 바람 소리에 가려져 침을 삼키는 소리는 들리지 않았다.

해변으로 내려가니 파도가 밀려왔다가는 다시 밀려간다. 바위에 부딪혀 하얗게 부서지며 흩어진다.

"저기 봐."

리카가 손가락으로 가리켰다. 유키나리가 "오오" 하고 눈을 크게 떴다.

희로애락을 잘 드러내지 않는 유키나리가 놀라는 얼굴이라니. 리카는 처음 보는 표정일지도 모른다고 생각하며 그 옆얼굴을 빤히 들여다봤다.

두 사람 앞을 물거품이 둥실둥실 날아간다. 하얗게 부서진 파도가 수면으로 떨어지지 않고 동그란 모양으로 주변을 떠다닌다. 100, 200, 300. 파도가 밀어닥칠 때마다 직경 5센티미터 정도 되는 물거품이 늘어갔다.

"다른 때에는 이런 거 없었어. 유키 군이 처음 오는 손님이라서 환영해 주는 게 아닐까? 아무리 여기가 따뜻하다고는 해도 집에서 절벽까지 오는 길은 추우니까 겨울에는 손님도 적을 거야. 그래서 마법사가 심심했나 봐."

유키나리에게 설명하는 동안, 리카는 마치 마법사가 친구 같다는 느낌이 들기 시작했다. 자신은 추억을 맡겨본 적이 한 번도 없다는 것은 까맣게 잊었다.

"어서 와."

마법사를 보고 유키나리는 한 발짝 물러섰다. 리카가 환상의 인터뷰 기사에 마법사의 겉모습까지 자세히 썼지만, 유키나리의 머릿속에서는 이미지가 확실하게 만들어지지 않았던 모양이다. 분명히 소라빵처럼 돌돌 말린 은발은 누구라도 상상하기 어렵다.

"아, 안녕하세요."

유키나리는 평소보다 보폭을 좁혀 어색한 걸음걸이로 안으로 들어갔다. 리카도 뒤를 따랐다. 난롯불이 지나칠 정도로 불타올라, 방 안은 코트를 입고 있지 못할 만큼 훈훈했다.

다람쥐가 홍차를 따라주는 모습을 보고 얼마간 입을 열지 못하던 유키나리가 겨우 띄엄띄엄 이야기를 꺼냈다.

추억을 맡기러 온 게 아니라는 것을 알고도 마법사는 언제나처럼 무표정한 얼굴로 담담하게 이야기를 들었다.

끼어들지 말라고 유키나리가 미리 말해둔 탓에 리카는 두 사람을 지켜보며 이따금 방을 두리번거렸다. 달팽이들이 오늘 할 일을 다했는지 창틀에 나란히 앉아서 쉬고 있었다. 리카는 문득 궁금해졌다. 저 달팽이들도 사실은 한 마리, 한 마리가 마법사 아닐까? 제 몫을 해내는 마법사가 아니라 하더라도 마법사 견습생? 엉덩이에서 세제를 내보내는 달팽이가 자연계에 있을 리가 없다. 손님이 돌아간 밤에는 다들 모여 왁자지껄 수다를 떠는지도 모른다. 그랬으면 좋겠다고 리카는 생각했다. 한겨울에, 어떤 날에는 하루 종일 아무도 오지 않는 이곳에 혼자서 오도카니 있는 마법사를 상상하고 싶지는 않았다.

정신을 차리고 보니 유키나리는 대략적인 설명을 마친 뒤였다. 마법사는 어깨에서 흘러내리던 진홍색 숄을 다시 걸치고 입을 열었다.

"그러니까 너는 내가 치매에 걸린 증조할머니가 있는 병원에까지 출장을 가서, 그녀의 머릿속에서 사고를 당했을 때의 기억을 끄집어내달라는 거지?"

유키나리는 고개를 끄덕였다.

"원래는 하쓰 할머니를 여기로 데려와야 한다는 건 알아요. 하지만 골절상을 입었고, 건강하더라도 할머니에게 저 긴 계단은 무리예요."

"무엇보다 증조할머니는 왜 계단을 내려가야만 하는지 이유를 모르지."

"네에."

겸연쩍어하며 유키나리는 대답했다.

"흐음."

"부탁드립니다."

"하지만 전례가 없어."

"전례라니, 인간처럼 말하지 말아요. 우리 선생님이 항상 그러시죠. 학생회가 교칙을 좀 완화해 달라는 의제를 내면 '지금까지 있던 교칙을 없애버리다니, 그런 전례는 없어'라고요. 전례는 전부 선생님이 만들었는데. 여기도 마찬가지예요. 전례는 모두 당신이 만들어온 것 아닌가요?"

"맞아. 전례를 만들지 않으면 나는 뭐든 해버릴 수 있거든."

"뭐든?"

"대체로는 말이야."

"세계를 끝내버린다거나?"

"그건 아마 불가능할 거야."

"어째서요?"

"다른 마법사들이 반대할 거야. 그들이 내 마법을 막으면 나는 아무것도 할 수 없어."

"그럼 우리 증조할머니 추억을 끌어내는 걸 반대할 마법사는 있나요?"

"없겠지. 다들 흥미 없을걸?"

"그럼 당신 혼자서 판단하는 거군요."

유키 군, 그건 다른 사람에게 부탁하는 태도가 아니지 않을까. 리카는 뒤에서 마음을 졸였지만 마법사는 인간이 아니어서인지, 특별히 기분 나빠 하는 것처럼 보이지는 않았다.

어쩌면 유키나리의 소원이 받아들여지지 않을까? 리카가 처음으로 그렇게 생각한 순간, 마법사가 입을 열었다.

"안타깝지만 거절하겠어."

그 대답이 의외였는지, 유키나리는 한동안 어리둥절한 얼굴로 있다가 표정을 바꿔 찌릿 노려보며 물고 늘어졌다.

"어째서요?"

"왜냐하면 네 의뢰를 들어주면 나는 전당포 주인이 아니라 탐정이 돼버리는걸."

"딱히 문제없잖아요."

"다른 인간 어른이 보거나 이상하게 생각할지도 몰라. 그런 위험을 감당할 만큼 메리트가 없어."

흥. 유키나리가 콧김을 내뿜었다.

"메리트라고요, 과연. 그럼 전당포 주인으로서 충분한 메리트를 드리겠어요."

"응? 무슨 메리트?"

잠자코 있어야 한다는 것을 잊고 리카는 몸을 내밀었다. 유키나리는 리카가 아니라 마법사를 보며 대답했다.

"하쓰 할머니의 추억 중에서 재미있다고 생각하는 걸 모두 가져가게 해줄게요."

"뭐, 뭐라고!"

마법사가 대답하기도 전에 리카가 소리쳤다. 유키나리는 그제야 그녀 쪽을 돌아봤다.

"어차피 할머니는 전부 잊을 거야. 어릴 적부터 지금까지의 추억을 모두 다."

"그래도."

"그렇다면 먼저 전부 맡겨두면 돼. 할머니가 전부 잊어버려도 여기에 추억이 고이 보관돼 있으니까 나도 가끔 보러 올 수 있고."

"추억 파일을 볼 수 있는 건 나뿐이야. 인간에게는 빌려주지 않아."

"그래도 몽땅 없어져버리는 것보다 조금이라도 여기에 있는 편이 좋지 않을까요……."

마법사의 기세에 눌려 목소리는 잦아들었지만, 유키나리는 아직 포기하지 않았다. 리카는 여자 친구로서 유키나리의 생각에 마땅히 찬성을 표해야 한다는 것은 알고 있었지만 달리

방법이 없었다.

"그건 아니야."

예상대로 유키나리가 노려봤다. 눈빛이 강렬하다. 만약 아까 본 물거품이 여기로 흘러들어온다면 눈빛만으로 모조리 파파파팍 터뜨릴 수 있을 것 같다.

"어떻게 네가."

"그렇지만 나는 반대인걸. 애초에 추억을 맡아주는 전당포 자체를 반대한다고."

"그랬지."

마법사가 고개를 끄덕였다. 유키나리는 쌀쌀맞게 말했다.

"네 의견 따위 묻지 않았어."

"추억은 그 사람만의 거야. 다른 사람이 제멋대로 열거나 꺼내면 안 돼."

"그러니까 너한테는 안 물었어."

"하쓰 할머니, 아직 '유키 짱'이라고 멀쩡하게 기억하는데!"

유키나리는 입을 다물었다. 마법사가 살피듯 들여다보자 그는 얼굴을 들었다. 리카 쪽은 보지도 않고 마법사에게만 말했다.

"그럼 나하고 우리 가족에 대한 추억만 남기고, 나머지는 전부 가져가는 건 어때요? 마법사니까 그 정도는 간단하죠?"

리카는 다시 끼어들었다.

"그렇지만 어쩌면 가족 이외의 추억 중에서 하쓰 할머니의 가장 소중한 추억이 있을지도 몰라!"

"입 다물어. 이건 교환 조건이야. 내 최종 목적은 아까도 말했잖아. 범인을 찾는 거야. 이렇게 당한 채로 있어도 상관없다는 거야?"

마법사가 어깨에 두른 숄을 재빨리 걷어 손에 들고 접기 시작했다.

"논쟁을 벌이는 두 사람의 열기 탓인가. 방이 더워졌구나."

그러더니 마법사는 난로 옆에 있던 굵은 막대기를 집어 들었다. 막대기는 속이 비었는지, 마법사가 스읍 숨을 들이마시자 불꽃이 반 정도로 줄어들었다. 어? 불꽃을 들이마셨어? 역시 마법은 굉장해. 흉내 낼 수 없어. 리카가 그렇게 생각하는데, 마법사가 다시 자리에 앉았다. 유키나리가 다그쳤다.

"나가사와만 떠들고 당신 의견은 못 들었어요. 협력해 줄 건가요?"

유키나리가 수영장으로 뛰어들듯 몸을 내밀자 마법사는 희미하게 고개를 저었다.

"교환 조건은 성립하지 않아."

"어째서요."

"딱히 이유는 없어."

"납득할 수 없어요."

"변칙적인 일을 하면 변칙적인 결과가 나와. 지금까지처럼 전당포를 할 수 없게 돼."

"그 정도는 마법으로 어떻게든 될 거예요."

"그렇게까지 하지 않으면 안 되는 이유를 찾을 수 없어."

"내가 느닷없이 쳐들어와 이런 얘기를 해서 싫어졌다는 뜻인가요?"

"그건 아니야. 왜냐하면 마법사에게는 좋아한다든가 싫어한다든가, 그런 감정이 애초에 없거든."

마법사가 선뜻 그렇게 말하자 유키나리는 일어섰다. 눈이 불타는 것처럼 보였다. 난롯불이 비친 탓이었다.

"다시 말해 정에 호소해도 전혀 의미가 없었다는 거군요."

"그렇지."

"처음부터 그걸 말해줬어야죠. 그랬다면 나도 쓸데없이 시간 낭비 않고 냉큼 돌아갔을 텐데. 결국 내가 하쓰 할머니한테 신세를 졌다든가, 돕고 싶다든가, 그런 마음이 당신에게는 전혀 전해지지 않는 거군요. 마법사는, 마법은 부릴 줄 알지만 마음은 없다는 말이네요."

유키나리는 소파에 둔 코트를 낚아채듯 들고 현관으로 성큼성큼 걸어갔다. 그러고는 리카를 돌아보지도 않고 "혼자 돌아갈게"라며 밖으로 나갔다. 쫓아가도 뿌리칠 테지. 그렇게 짐작한 리카는 몸을 딱딱하게 굳힌 채 소파에 앉아 눈으로만 유키나리의 뒷모습을 쫓았다.

"이번에는 레몬티로 할까?"

마법사가 말하자 다람쥐가 노란색 주전자를 가져왔다. 아아, 음료별로 주전자 색이 다르구나. 멍하니 그런 생각을 하고 있자니 마법사가 잔과 받침을 리카 앞에 놓았다.

"걔를 좋아하는구나."

강력한 직구에 말문이 막혔지만, 리카는 겨우 저항했다.

"그런 걸 물어봤자 하나도 모르잖아요. 좋아한다든가, 싫어한다든가."

"그래, 몰라. 그런데 몰라서 더 재미있어."

"재미있다?"

"내 기준은 재미있나 시시한가, 그뿐이니까."

"그럼 유키 군의 의뢰는 시시해서 거절했다는 건가요?"

찻잔을 손에 들었지만, 김이 솔솔 올라오는 것을 보니 아직 꽤나 뜨거울 것 같았다. 리카는 달콤새콤한 향만을 느끼기로 했다.

"사실은 거짓말이야."

산뜻한 얼굴로 마법사는 말했다.

"거짓말?"

"아까 걔한테 말한 이유는 핑계야. 증조할머니가 있는 데로 가지 않겠다고 거절한 건 다른 이유 때문이야."

리카는 잔을 떨어뜨릴 것 같아 서둘러 테이블에 내려놨다.

"무슨 말이에요?"

"보였거든."

"뭐가요?"

"미래가."

"네?"

"만약 그 애가 바라는 대로 증조할머니의 머릿속에서 사고 당시의 기억을 꺼내주면 어떨까? 이런 생각을 했더니 그다음이 보였어."

"미래가 당신이 본 대로 되나요?"

"몰라. 검증할 방법이 없어. 그렇지만 나는 망상할 필요가 전혀 없잖아? 그러니까 내가 떠올린 건 분명 또 다른 미래일 거야."

"그럼 하쓰 할머니의 머릿속에서 기억을 끄집어내면 미래가 어떻게……."

"사고의 진상을 알아내지."

“헉!”

“뺑소니였다는 걸 알게 돼.”

“정말이었군요! 유키 군만의 생각이 아니었어요.”

리카는 저도 모르게 벌떡 일어섰다. 기세가 어지간히 대단했는지, 난롯불이 흔들리며 아까보다도 크게 불타올랐다.

마법사는 담담하게 말을 이었다.

“차 번호는 할머니도 보지 못했어. 하지만 차종과 색은 봤지. 흔치 않은 스포츠카여서, 그 애가 주변에 이리저리 물어본 끝에 가까운 동네에 그런 차를 가진 사람이 있다는 정보를 손에 넣어.”

“가까운 동네라니, 구지라사키가 아니고요? 하스미시? 가네하라시?”

물음에 답하지 않은 채 마법사는 이야기를 이어나갔다.

“그 애는, 그러니까 유키나리 군은 경찰에게는 말하지 않았어. 만약 증조할머니가 말했다고 제보하면, 형사가 할머니에게 자세한 정황을 말해달라고 질문을 퍼부을 테니까. 그러면 미안하니까 직접 상대가 있는 곳으로 확인하러 간 거야.”

“그, 그래서요?”

“상대는 경악했어. 뺑소니쳐서 범죄를 완벽하게 감췄다고 생각했거든. 그런데 그 애가 온 거야. 그래서 마음을 먹었지.

죽이면 완벽하게 달아날 수 있다고."

"어…… 그래서……."

"그 애가 머리에 피를 흘린 채 쓰러져 있었어."

"유키 군이…… 죽는다고요?"

"잘 모르겠지만."

"범인은 그러고 나서 어떻게 되나요? 결국 잡히나요? 아니면 완벽하게 도망치나요?"

"몰라. 그때 유키나리 군이 나한테 말을 거는 바람에 그다음은 보이지 않았어."

"지금부터 다시 한번 볼 수는 없어요? 그 사람이 누군지 알려줘요! 내가 경찰한테 말할게요."

"인간 사회의 일을 마법으로 해결해도 되는지 모르겠네."

듣고 보니 그렇다. 마법사의 장사를 실컷 비판한 주제에 마법을 마음껏 이용하려고 했다. 마음이 거북해진 리카는 쿠션을 주먹으로 퍽퍽 때렸다. 그리고 대화를 머릿속에서 반추하는 동안 문득 깨달았다.

"그럼 당신은 그렇게 되지 않도록 유키 군을 지켜준 건가요? 유키 군이 마음에 든 거예요? 왠지 퉁명스러워서 미워하는 줄 알았어요."

"아까도 말했지만 내게는 호불호의 감정이 없어."

"그런가……"

"말해두겠는데, 호불호의 감정이 없다고 해도 나는 섬세 그 자체야. 그런 미래는 만들지 않는 편이 좋다는 판단은 할 수 있어. 너는 개를 좋아하잖아?"

"아, 그러니까, 그렇긴 하지만……"

"그렇다면 만약 내가 협력한 탓에 그 애가 죽으면 넌 분명 더 이상 여기에 오지 않겠지."

"아마도요."

"그럼 시시해지는걸."

"저…… 그 말은 제가 여기 오는 걸 환영한다는 뜻인가요?"

"이유는 모르겠지만 네가 재미있어."

마법사는 쿡 웃었다. 오늘 처음 보는 웃는 얼굴이다. 봄볕에 투명한 속살을 보이는 알사탕 같은 순수함.

"제가요?"

리카는 엉겁결에 되물었다.

"저는 재미있다는 이야기를 들은 적이 거의 없어요. 시끄럽게 캐묻기나 좋아한대요."

"그런 점도 재미있어."

"게다가 추억을 맡긴 적도 한 번도 없고."

"그런 건 아무래도 상관없어."

이다음 말까지 할지 말지 망설였지만, 이 점은 확실히 해두지 않으면 안 된다고 생각해 리카는 말을 이었다.

"게다가 저는 추억을 돈으로 바꾸는 일은 찬성하지 않아요."

"무엇보다도 그 점이 재미있어. 지금까지 그런 말을 한 애는 한 명도 없었으니까."

"흐음, 이상한 분이네요."

멋쩍은 기분도 감출 겸 리카는 그렇게 말할 수밖에 없었다.

"그럼 나도 네 흉내를 내서 한번 캐물어볼게. 가르쳐줘. 너는 유키나리 군의 어디가 좋니?"

"어디라니……, 전에 말한 그대로예요. 처음에는 수업 때 저하고 정반대 의견을 내서 싫어했다고 그랬잖아요. 그런데 그러는 동안 좋아졌어요."

마법사는 고개를 갸웃했다.

"싫은데 좋아졌다……. 이 부분을 아무리 해도 잘 모르겠어."

"저는 정말 평범해요. 친구도 그럭저럭 있고, 선생님하고도 평범하게 잘 지내고. 그런데 실제로는 평범하지 않은 것을 동경하는 것 같아요."

"그게 그 애인 거구나."

"네."

"수업 중에 그런 말을 들어서."

"음, 그뿐이 아니에요. 유키 군은 축구부에 들어가서 3학년이 은퇴하자마자 정규 선수가 됐어요. 무릎이 다 낫지도 않았는데. 아직 1학년이었기 때문에 굉장한 일이었는데도 반 친구들이나 선생님이 칭찬하면 '정규 선수보다 무릎 쪽이 중요하니까 대회까지 낫지 않으면 포지션을 반납할 생각'이라고 말했어요."

"재미있구나."

"맞아요. 분명 무릎은 평생 자기 거고, 한때의 열정으로 무리하기보다는 몸을 완치하는 편이 낫죠. 깜짝 놀랄 말을 할 때가 많아요."

"그러니?"

"첫눈에 반했다기보다 그런 일이 반복되면서 조금씩 서서히 좋아하는지도 모르겠다는 마음이 들었어요."

말하는 동안에 어쩌면 충분히 좋아하는 건 아니지 않을까 하는 기분이 들기 시작했다. 존경은 하지만 아직 좋아하는 것까지는 아니지 않을까. 어쩌면.

그런 생각을 하게 만든 마법사에게 리카는 조금 화가 났다.

"당신 인터뷰 기사, 선생님이 믿어주지 않아서 유키 군에게도 보여줬더니 믿는다고 말해줬어요."

그 이야기를 하고 나서 겨우 그때의 고양된 기분을 떠올릴 수 있게 된 리카는 마음이 놓여 레몬티를 마셨다.

"흐음, 어쩐지 재미있구나."

"뭐가요?"

"재미있다든가 시시하다든가, 그런 게 상당히 명확해. 내 경우에는 말이야. 시시하다고 생각했는데 조금씩 재미있어졌다. 그런 일은 별로 없어. 직감으로 판단할 수 있지. 그렇지만 호불호는 조금 달라. 이해하기 어렵다고 하나, 애매하다고 하나."

마법사는 자기가 말해놓고 자기가 고개를 끄덕인다.

리카가 레몬티를 다 마셨을 즈음 마법사가 창밖을 내다봤다. "어머, 그 애가 또 왔네."

"네?"

리카가 놀라 일어서자 마법사는 서둘러 말했다.

"어머, 미안해. '그 애'가 너무 많아서 혼동했지. 유키나리 군이 아니고 하루토 군. 아무래도 어머니랑 잘 맞지 않는 모양인지 어머니에 대한 추억만 맡기고 가네."

문이 덜컹 열렸다.

"있잖아요, 마법사님. 좀 들어봐요."

문을 열고 들어온 것은 전에도 마주친 적이 있는 남자애였다. 그러고 보니 전에 마법사에게 이 아이의 부모님과 자신이 아는 사이인 것처럼 말한 것 같은데. 리카는 거짓말이 들키기 전에 자리에서 물러나려 코트를 손에 들었다. 어쩌면 마법사는 이미 자기 머릿속에 들어와 이런 정보까지 손에 넣었는지도 모른다. 문득 이렇게 생각하면서.

3학기(일본의 학사일정은 3학기제로 운영되는데 1학기는 4~7월, 2학기는 9~12월, 3학기는 1~3월이다 _옮긴이)에 들어서고 나서 학교에서 앉는 자리가 바뀌며 유키나리와의 거리가 멀어졌다. 그는 제일 뒤쪽 창가에, 리카는 복도 쪽 앞에서 두 번째다. 쉬는 시간에 자리에 앉아서 가볍게 말을 걸 수 있는 거리가 아니라 리카는 점심시간을 기다렸다.

어젯밤, 추억 전당포에서 돌아와 문자를 보내려고 했지만, 어떻게 쓰면 좋을지 고민하다가 잠들어버렸다. 정말 좋아한다면 이럴 때 잠이 안 오지 않을까? 또다시 자신이 없어졌지만, 그래도 리카는 유키나리와 이야기하고 싶었다. 다만 모두의 앞에서 시끄럽다는 소리나 들으며 내팽개쳐지고 싶지는 않았다.

유키나리는 점심시간이 되자마자 자리에서 일어섰다. 손에는 도시락이 들려 있다. 꼭 교실에서 점심을 먹어야 한다는 교칙은 없다. 리카도 도시락을 들고 교실을 나와 2미터 정도 거리를 두고 살며시 뒤쫓았다. 어디서 먹을 생각일까? 매점 옆 벤치일까? 유리벽 구름다리를 지날 즈음에 사람이 별로 없으면 말을 걸자. 생각하는 찰나 유키나리는 체육관 쪽으로 성큼성큼 걸어갔다. 그리고 문을 힘껏 열었다.

저 문은 가로세로가 2미터 정도나 돼서 무거운데. 나 혼자 힘으로 열 수 있을까? 이런 생각을 하며 다가가던 중 문이 닫히는 기색이 없다는 것을 깨달았다.

어라? 놀라면서 체육관에 들어가니 유키나리가 문을 잡고 있었다.

"아아."

"너, 탐정은 못해먹겠다. 미행, 들켰다고."

"아…… 미행할 생각은 아니었는데."

리카는 변명하면서도, 유키나리의 어조가 결코 거칠지 않다는 것을 깨달았다. 두 사람은 위쪽 관람석 벤치에 나란히 앉았다. 부드럽고 희미한 햇살이 젖빛 유리를 지나 들어온다. 벤치는 햇살을 받아, 전원을 끄고 나서 10분 정도 지난 전기장판처럼 희미하게 따뜻했다.

이곳은 야외에서 도시락을 먹을 수 없는 겨울철에 커플들에게 인기가 좋은 숨은 명소다. 하지만 시간이 일러 아직 두 사람밖에는 없다. 리카는 지금이 기회다 싶어 서둘러 입을 열었다.

"어제, 미안해."

"뭐가."

그 말만 하고 유키나리는 도시락을 열어 소고기 장조림을 입 안으로 던져 넣었다.

"뭐냐니, 여러 가지로. 마법사와 이야기가 잘되지 않은 것도, 혼자서 먼저 돌아가게 한 것도."

리카는 그제야 도시락을 주머니에서 꺼냈다. 해야 할 말은 했다. 유키나리가 계속 무뚝뚝하게 군다면 그것으로 끝이다.

리카가 더 이상 아무 말도 할 생각이 없다는 것을 그제야 알았는지, 유키나리가 입을 열었다.

"별로. 게다가 알고 있었어. 그 마법사의 정체."

"뭐?"

"그 녀석, 할 줄 아는 게 별로 없어. 물론 인간이 아니라 마법사라는 건 알아. 하지만 분명히 마법사도 다양할 테고, 그 녀석은 그중에서 떨어지는 쪽일 거야. 그래서 아이밖에 상대하지 않는 거고. 그렇잖아, 어른을 상대로 하면 들통 날 테니까 아이로 한정 지은 장사를 하는 거지. 그렇게 생각 안 해?"

리카는 어떻게 대답해야 할지 몰라 망설였다. 때마침 다른 반 2학년 커플이 들어와서, 한순간 그쪽에 정신이 팔린 것처럼 고개를 돌린 다음 "으음, 그런가" 하고 애매하게 대답했다.

유키나리는 밥을 우물우물 씹으며 자신만만하게 고개를 끄덕였다.

"그렇다니까. 하쓰 할머니의 기억에서 가족에 대한 걸 빼고 나머지를 가져가는, 그런 고도의 일을 할 수 있을 리 없어. 뿐만 아니야. 아이가 맡기러 온 추억도 정말 파일로 옮기는 게 아니야. 그저 세뇌하는 거야. 그 추억을 떠올리지 못하도록. 그래서 초등학생 꼬맹이들은 추억이 뇌에 남아 있는데도 혼자 힘으로는 떠올리지 못하니까 마법사의 생각대로 감쪽같이 속아 넘어가는 거야. 하지만 중고생 정도 되면 그런 사기에는 걸려들지 않지."

"그……런가."

유키나리가 너무나 단정적으로 말해서 그쪽으로 끌려갈 것만 같다. 마법사가 말한 또 다른 미래. 그것도 거짓일까? 차라리 그랬으면 좋겠다. 유키나리에게 뺑소니 이야기를 감추고 있다고 양심의 가책을 느낄 일이 없어지니까.

"너는 마법사가 추억을 돈으로 바꾸는 거 반대지? 나는 마법사의 능력 자체가 의심스러워. 그러니까 뭐, 의견은 일치하는 거지."

"그래……."

"단지 나는 딱히 고발한다든가, 마법사의 속임수를 밝히겠다든가, 그럴 생각은 없어. 솔직히 말해서 어찌 되든 상관없다고나 할까. 그런 짓을 해서 녀석의 팬인 초등학생들에게 미움을 받아도 곤란하고."

"으응."

어느새 유키나리의 도시락은 텅 비었다. 뚜껑을 덮어 옆에 내려놓은 유키나리가 리카와 오늘 처음으로 눈을 맞췄다.

"어쨌든."

"응?"

"앞으로 종종 병원에 가줘."

"뭐?"

"하쓰 할머니, 네가 마음에 드셨나 봐."

"정말?"

"그런 사람이 병문안을 와준다면 치매가 악화되지 않을지도 모르고."

"응!"

리카는 이제야 힘차게 대답할 수 있었다. 그래, 애초에 두 사람 사이에 마법사는 끼어 있지 않았다. 그러니까 둘이 있는 동안에는 마법사가 세상에 없는 것처럼 행동하면 틀림없이 괜찮을 것이다.

“있잖아, 유키 군.”

“어?”

“같은 고등학교에 가면 좋겠다.”

“둘 다 붙겠지, 기요카와고등학교.”

“그래.”

“음.”

“붙으면 가네하라역에 새로 생긴 복합 영화관에서 영화 보고 싶다.”

“거기, 큰 오락실도 있어.”

“뭐, 데이트를 오락실에서?”

일부러 불만스러운 듯한 목소리를 내자 유키나리가 살짝 웃었다.

“마실 것 사올게. 뭐가 좋아? 차?”

“코코아.”

“밥하고 먹는데?”

리카는 에헤헤 웃었다.

“괜찮아.”

“아, 그래.”

유키나리가 체육관 밖으로 걸어 나갔다.

분명 앞으로도 유키나리와 잘 지낼 것이다. 지속될 것이다. 고개를 갸웃거리게 하는 위화감을 정성스럽게 바지런히 배제해 갈 수 있다면.

아사미들과 절교한 지금, 유키나리까지 멀어진다면 외톨이가 돼버린다. 리카는 그의 도시락을 가까이 끌어당겼다.

리카는 돌계단을 끝까지 내려와 멈춰 섰다. 절벽 아래, 수국이 한 아름 피어 있다. 여기 꽃은 다른 데와 달리 꽃잎이 몽실몽실 부풀어 동그란 하트 모양이다. 전에 리카가 여자애들은 하트 모양과 별 모양을 좋아한다고 마법사에게 가르쳐줬기 때문이다.

꽃잎을 따서 집에 갖고 가면 안 된다고 따로 금지하지는 않았지만, 집에 가 주머니에서 꺼내면 시간이 지나서인지, 마법이 풀려서인지, 꽃잎은 한낱 갈색으로 시든 잔해가 돼 있었다. 그래서 하트 모양 꽃잎을 부모님에게 보여주는 것은 절대 불가능하다.

하지만 오늘, 리카는 꽃을 감상하러 온 것이 아니다. 그녀는 노크하고 나서 대답도 기다리지 않고 냉큼 문을 열었다. 어느 새 친한 친구 집에 갔을 때처럼 행동하고 있었다. 그러고 보니 처음 전당포를 찾은 지 벌써 1년 반이 넘게 흘렀다. 이제 마법사가 거실에 없을 때도 마음대로 쿠키를 먹는다. 그 정도로 익숙해졌다. 고등학교에 입학하고 나서 요 세 달 동안 여러 가지로 바빠서 2주에 한 번, 주말에 잠깐 얼굴을 비치는 정도가 돼버렸지만.

마법사가 안쪽 문에서 화분을 안고 나타났다.

"밖에 내놓고 볕을 쬐게 해줬어."

초롱꽃을 닮은 그 꽃은 동그랗게 부풀어 아래를 보고 있다. 그렇지만 다른 초롱꽃과 달리 한 시간에 한 번 꽃잎이 늘어났다 줄어들면서 후우 한숨을 내쉬듯 공기를 내뱉는다. 그러면 달고 은은한 향이 살며시 실내에 퍼진다. 꽃향기라기보다 갓 구운 레몬 스콘처럼 산뜻하고 달콤한 향이다.

"처음 보는 옷이네."

노력가 마법사는 최근에 리카에게서 여자애들은 옷을 칭찬받으면 좋아한다는 말을 듣고 실천하고 있다.

오늘 리카는 선명한 오렌지색 튜닉에 감색 레깅스를 맞춰 입었다. 튜닉은 옷깃 가장자리를 삼색 자수실로 장식한 것이 포인트다. 그리고 검은색 펌프스.

"고등학교에 들어가니까 옷 입는 게 신경 쓰여요."

"그러니?"

화분을 어디에 둘까 고민하면서 마법사가 대꾸했다.

"중학교 때는 차림새가 어떻든 상관이 없었는데, 다들 고등학생이 되더니 멋을 부려서요. 그 수준을 맞추느라 힘들어요. 학교에서는 교복을 입지만, 노는 날에 유키 군이랑 만나 거리를 걷다가 반 친구를 만났는데 내가 이상한 차림을 하고 있으면 유키 군이 창피하잖아요?"

"흐응."

"그런데 우리 엄마는 중학생 때랑 키가 거의 같다면서 아직 작년 옷을 입을 수 있지 않느냐고 하잖아요. 뭘 몰라요!"

마법사가 쿡 웃었다.

"하루토 군이었다면 그 추억을 냉큼 맡기겠지만, 너는 그러지 않겠지."

리카는 그렇게나 다니면서도 아직까지 추억을 맡긴 적이 없었다.

"사실 돈은 필요해요. 그래서 여름방학부터 아르바이트 시작할 거고."

"아르바이트?"

"가네하라시 복합 영화관. 영화 티켓도 확인하고, 담요도 빌려주고, 매점이 아닌 곳에서 산 음료를 갖고 들어가는 사람에게 주의도 주고, 스마트폰으로 영화를 몰래 찍으려는 사람을 붙잡기도 하고."

"할 일이 많구나."

"유키 군이랑 같이 하니까 괜찮아요."

둘이 같이 아르바이트를 하자고 했을 때 유키나리가 일순 귀찮은 듯한 표정을 지은 것은 굳이 말하지 않았다.

그보다 오늘은 알려주고 싶은 소식이 있어서 왔는데…….

리카는 손뼉을 짝 쳤다. 커튼레일 위를 꼬리로 쓸던 다람쥐가 놀라 이쪽을 돌아봤다.

드디어 화분 둘 자리를 정한 마법사는 언제나처럼 흔들의자에 앉았다.

그것을 확인하고 리카는 말을 꺼냈다.

"우리 학교에서 엄청난 사건이 일어났어요."

"사건?"

"네. 벌써 다른 사람한테 들었는지도 모르겠는데요. 3학년 교실에서 수업 중에 가이토라는 선배가 앞자리에 앉은 가타세라는 선배 등을 커터나이프로 푹 찔렀어요. 둘 다 남자."

"저런."

처음 듣는 소리라는 얼굴에 기분이 좋아진 리카는 이야기를 이어나갔다. 고등학교에 가서는 신문부에 들어가지 않아 취재 활동을 하지 않지만, 아직도 사람들이 모르는 뉴스를 전할 때는 흥분된다.

"가이토 선배가 있잖아요, 수험 공부가 너무너무 따분해서 뭔가 재미있는 일 없을까 고민하다가 수업 중에 갑자기 '그래, 누구를 찌르면 재미있을지도 몰라', 그런 생각이 떠올랐대요."

"찔린 애는?"

"생명에는 별 지장이 없대요. 그러니까 안심하고 이런 이야기를 하는 거지만. 그래도 믿기지가 않아요. 방과 후에 갔더니 교실 바닥에 붉은색 동그라미가 퍼져 있었어요. 그렇게 피를 흘렸는데도 인간은 죽지 않는가 봐요."

리카는 일단 말을 끊었다. 그 사건을 보고하기 위해서만 온 것이 아니다.

"전에 그런 말을 한 적 있죠?"

"무슨 말?"

"당신이 뭔가를 판단하는 기준은 '재미있다', '시시하다' 이 둘뿐이라고."

"그래."

"그런데 그건 좀 아니지 않나, 이런 생각이 들었어요."

"그래?"

"그렇잖아요. 그렇게 재미만 뒤쫓다가 그 선배는 친구를 찌른 거니까요. 분명 자식을 아무렇지 않게 학대하는 부모나 동급생을 괴롭히는 친구나, 그런 사람이 많겠죠. 재미있으니까 한다. 그건 아니라고 생각해요. 당신은 인간이 아니니까 괜찮을지 몰라도, 그래도 역시 좋지 않은 것 같아요."

마법사는 소라빵 모양으로 말린 은발을 손가락으로 돌돌 감았다. 그러더니 손을 멈추고 천장을 올려다보며 가만히 생각에 잠겼다.

어라, 너무 심한 충격을 줘버렸나? 리카가 할 말을 고르려는데, 갑자기 마법사가 똑바로 그녀를 바라봤다. 에메랄드색 눈이 서서히 파래진다. 깊은 늪에 빨려 들어가는 듯한 착각.

"네 기준은 좋은가, 싫은가, 이거지?"

뭐, 꼭 그렇다고 단정할 수는 없어요. 이렇게 말하기는 어려워서 리카는 고개를 끄덕였다. 마법사는 말을 이었다.

"하나 더 있지 않니?"

"네?"

"게다가 사실은 '좋다', '싫다'보다도 나머지 하나가 가장 커."

"뭐 말이에요?"

"바로 무관심."

"좋지도 않고 싫지도 않다. 어찌 되든 상관없다. 눈에 들어오지 않는다. 너는 다른 학년 상해 사건을 남의 일처럼 떠들었지만 너희 반에도 그런 애는 있어. 그리고 너는 그 애에게 무관심하지."

"말도 안 돼요."

가만히 있을 수 없었다. 리카는 양팔을 엇갈려 엑스자를 만들었다.

"없어요, 없어. 우리 1학년 2반에는 평범한 애들뿐인걸요. 누구를 찌를 법한 위험한 애는 없다고요. 무관심이란 말은 흔히 따돌림이나 괴롭힘 문제를 말할 때 쓰이는데, 우리 반에는 그런 아이가 없어요."

"그럴까?"

"그렇잖아요. 고등학생씩이나 돼서 괴롭힘이라뇨. 우리 학교는 이 지역에서 제일 우수한 고등학교예요. 나도 유키 군도 얼마나 열심히 공부를 했다고요. 다른 애들도 똑같아요. 다들 애써서 원하는 학교에 입학했다고 좋아하는걸요. 그런 문제가 있는 학교가 아니라고요."

"틀렸어."

부드러운 목소리로, 하지만 딱 잘라 마법사는 단언했다.

"너희 학교에 괴롭힘을 당하는 아이가 있어. 실제로 여기에 매일 저녁 오는걸."

"누구예요?"

"누군지는 말 안 해. 네 스스로 알아내는 건 자유지만, 내가 떠들어대선 안 되잖아."

"그렇지만 저녁이라면, 지금도 저녁이잖아요. 난 여기서 만난 적 없는데."

"네가 오는 건 휴일이잖아. 그 애가 오는 건 월요일부터 금요일."

"그럼 누군지는 몰라도 되니까 저녁에 와서 뭘 하는지만 알려줘요."

"추억을 맡기러 와. 매일, 그날 괴롭힘당한 추억을 말이야."

"세상에."

"너, 기요카와고등학교 1학년 2반이라고 했지. 그 애도 같은 반이야."

"남자예요? 그럼 서로 어떤 관계인지 자세히는 모를지도……."

조금 자신이 없는 목소리로 리카가 물었지만 마법사는 고개를 저었다.

"여자애."

"그렇지만 우리 반에 여자는 열일곱 명밖에 없어요."

마법사는 더 이상 입을 열지 않았다.

"설마……."

리카는 같은 반 여자 친구 열여섯 명의 얼굴을 차례로 떠올렸다. 열다섯 명까지는 생각났지만, 나머지 한 명은 도저히 떠올릴 수가 없었다.

주말이 지나고 돌아온 월요일. 오후 체육 수업은 배구였다. 리카는 체육관 창문으로 운동장에서 육상을 하는 남자들을 훔쳐봤다.

"유키나리 군, 보는 거야?"

시즈카가 등을 탁 때렸다. 정곡을 찔렸지만, 남자 친구와 너무 찰싹 달라붙어 지내는 여자애는 모두가 멀리하기 때문에 리카는 일부러 한숨을 내쉬었다.

"아니, 그렇게 일일이 감시하지 않아. 이제 권태기인걸."

"권태기라고?"

리카의 말에 시즈카가 자지러지게 웃었다.

여학생은 인원이 적어, 두 반이 합동으로 체육 수업을 받는다. 1반과 2반이 반 대항 시합을 하기로 해 다들 체육관 안쪽 코트에 모였다.

"먼저 스타팅멤버 여섯 명, 각각 정해."

선생님의 목소리가 체육관에 쩌렁쩌렁 울렸다. 2반 여자 중에 배구부원은 없다. 이럴 때 리카를 비롯한 위원 그룹 네 명은 반드시 뽑힌다. 암묵적으로 그런 규칙이 생겼다. 둘은 학년 위원, 리카는 도서 위원, 나머지 한 명인 시즈카는 미화 위원으로 반에서 활동적인 여자애들이기 때문이다. 이 세 명은 일단 괴롭힘 후보에서 제외할 수 있다. 리카는 머릿속 리스트에서 삭제선을 세 줄 그었다.

나머지 열세 명 중 화려파가 넷, 컴퓨터파가 둘, 덕후가 둘, 자유 미인이 하나, 평범한 애가 넷이다.

화려파는 머리 스타일이나 네일아트에 신경 쓰는 아이들로, 땀 흘리는 일은 온 힘을 다해 피한다. 지금 같은 때는 반드시 지명하지 말라는 기운을 내뿜는다. 괴롭히는 일은 있어도 괴롭힘당하는 일은 결코 없는 그룹이라고 쳐도 문제 없다고 리카는 생각했다. 다시 삭제선 네 줄. 남은 사람은 아홉 명.

이 화려파에 들어가도 이상하지 않을 외모인데도 혼자 행동하기를 좋아하는 애가 있다. 시라토 메이. 리카는 '자유 미인'이라 불렀다. 우선 행동이 자유롭다. 자주 지각하고, 수업 중에도 휴대전화를 몰래 만지작거리고, 3교시에는 있었는데 4교시에는 사라지는 경우도 있다. 그 누구와도 같이 화장실에 가지 않는 한 마리 늑대. 실제로 지금도 보이지 않는다. 모든 것을 초월한 그녀를 괴롭힘이라는 세속적인 틀에 집어넣을 수 없다는 느낌이 들었다. 가해자로서도, 피해자로서도. 삭제선 한 줄. 남은 사람은 여덟 명.

리카가 이런 생각을 하는 동안, 스타팅멤버가 정해졌다. 네 사람에 평범한 애들 둘이 합류했다.

그래, 얘…….

리카는 그중 한 명을 바라봤다. 열여섯 번째 이름을 떠올리려 했을 때 도저히 생각나지 않던 아이. 누가 부르는 소리를 듣고 이름이 미호라는 것은 알았지만, 여전히 성은 생각나지 않는다.

시합이 시작됐다.

"미호, 걱정 마, 괜찮아."

다들 대체 몇 번이나 이렇게 말을 해주는지. 피구랑 착각하는 것이 아닐까 싶을 정도로 공을 피하려고만 한다. 아니, 나름대로 손을 뻗는 것 같지만 공까지 닿지가 않는다. 손이 닿아도 공은 엉뚱한 방향으로 날아가버리고, 미호는 새빨개진 손목을 아픈 듯 문지른다.

"미안."

그리 미안하다고 생각하지 않는 것 같다. 보는 사람에 따라서는 괘씸하게 여길지도 모른다. 솔직히 리카는 좀 짜증이 났다. 미호가 서브만이라도 제대로 넣어준다면 이길 수 있을지 모르는데.

하지만 다른 멤버들 역시 이기는 데 그리 흥미가 없는 듯 오히려 미호의 영향을 받아 실수할 정도다. 반 아이들 사이에 가시 돋힌 분위기는 없다.

확신할 수는 없지만, 소거법에 따르면 미호가 가장 유력한 후보였다.

리카는 주말에 전당포를 찾아가 마법사를 슬쩍 떠봤다.

"아니야."

미호일 거란 가설은 완전히 부정당했다.

"미호라는 애는 여기에 온 적도 없는걸."

"정말요?"

리카는 머릿속으로 월요일 시합의 뒷부분을 재생했다. 리카는 들은 적도 없는 애니메이션 주제곡 이야기로 완전히 달아올랐다가 선생님께 혼난 덕후들, 성실히 시합을 지켜보며 힘내라고 조그만 목소리로 응원한 평범한 애들. 그중에 괴롭힘을 당하는 듯한 사람은 찾을 수 없었다.

"정말 우리 반이에요?"

마법사가 착각한 건 아닐까?

리카의 생각을 알아차렸는지, 마법사가 말했다.

"이름, 말해줄까?"

"요전에는 개인 정보 누설 같은 문제가 있다는 식으로 말했잖아요? 당연히 저는 듣고 싶지만."

"분명히 가게 신용을 위해서는 이런 건 말하지 않는 편이 좋겠지. 하지만 어쩐지 너한테는 말해주고 싶네."

그 말에 리카는 몸을 움찔했다. 다시 말해 마법사에게 이름을 들어버리면 "괴롭힘을 당하는 줄 몰랐습니다"의 상태로는 돌아갈 수 없다.

하지만 호기심이 이겼다.

"알려줘요."

마법사가 말해준 이름은 리카가 괴롭힘을 당하는 것은 말도 안 된다며 초반에 제외한 이름이었다.

"늦어서 죄송해요."

뒤쪽 미닫이문을 살며시 열고 교실로 들어서는 시라토 메이를, 리카는 고개를 120도 꺾어 지그시 바라봤다. 메이는 그 시선을 가볍게 되받아치며 자리에 앉았다.

"시라토, 50분 수업을 40분 지나서 들어오는 건 늦었다고 하는 게 아니라 빠졌다고 하는 거야."

역사를 가르치는 기쿠야 선생님이 출석부에 표시하며 투덜거렸다. 메이는 "죄송해요"라고 거듭 말했지만 출석이든 결석이든 아무래도 상관없다는 여유가 전해져왔다.

리카는 고개를 돌린 채로 메이를 찬찬히 뜯어봤다. 이렇게 제대로 본 것은 처음이었다. 지금까지 메이는 리카의 생활권 밖에 있었기 때문에 그럭저럭 미인이라는 대략적인 이미지밖에 없었다. 새삼 얼굴을 조목조목 뜯어보니 그렇게 간단한 형용으로 끝내서는 안 된다는 것을 깨달았다.

등까지 내려오는 긴 머리는 샴푸 광고에라도 나올 것처럼 반짝반짝 빛이 나지만, 본인은 전혀 신경 쓰지 않는 듯 이따금 고무줄로 대충 묶기도 한다. 할아버지, 할머니가 서양 사람이 아닐까 싶을 정도로 오똑한 코와 새하얀 피부, 그리고 눈꼬리가 조금 처진 큰 눈은 긴 속눈썹에 둘러싸여 있다.

아무리 남들 시선을 의식하지 않는 메이라지만, 30초 넘게 쳐다보자 눈이 딱 마주쳐 리카는 서둘러 시선을 돌렸다. 화려파 그룹 애들 정도 미모라고 생각했는데, 차원이 다르다. 어쩌면 1학년 중에서 제일 예쁠지도 모른다.

"있잖아, 유키 군. 좀 물어보고 싶은 게 있어."

쉬는 시간에 셔츠 소매를 잡아당겨 복도로 데리고 나오자 유키나리는 안면신경통이라도 앓는 양 한쪽 눈꺼풀 아래를 실룩거렸다. 리카가 여자 친구 행세를 하면 언제나 이렇게 나온다. 하지만 지금 리카는 그를 배려할 여유가 없었다.

"뭐야? 빨리 말하고 끝내."

쌀쌀맞은 태도를 모른 척하고 리카는 속삭였다.

"있잖아. 정보원은 말할 수 없지만 시라토 메이가 사실은 안 보이는 데서 괴롭힘을 당하고 있다는 이야기를 들었는데, 어떻게 생각해? 그렇게 안 보이지?"

유키나리는 놀란 표정을 지었다.

"몰랐어? 괴롭힘당하고 있잖아."

뭐? 잘못 들었나?

"시라토 메이 말이야."

리카는 다시 말했다. 이번에는 유키나리의 미간에 주름이 잡혔다.

"그래, 알아. 시라토 메이. 그래서 말했잖아. 분명히 괴롭힘당하고 있다고."

"정말이야? 누구한테? 반에서?"

"우리 반이 아니야. 다른 반 여자애들 네 명 정도한테 둘러싸여 있는 걸 봤어."

"언제, 어디서?"

"방과 후에. 역 건너편에 편의점 있잖아. 그 근처에서. 또 어디였더라, 강어귀 쪽 다리 근처 광장에서도 본 적 있고."

"그렇지만 꼭 괴롭힘을 당했다고는 할 수 없잖아. 그냥 친구들끼리 사소한 말다툼을 벌인 것뿐일 수도 있고……."

"글쎄, 나 말고도 눈치챈 녀석 있을걸? 있잖아, 수업 중에 휴대전화를 보다가 슬그머니 사라지는 것도 누가 억지로 불러내서일 거야."

"그…… 그럴 리가……."

자유롭게 살기 때문이 아니었어? 바깥 공기를 마시고 싶어지면 욕구가 이끄는 대로 교실을 나가버리는 그런 애가 아니었나?

아니, 이 부분을 파헤치기 전에 좀 더 파헤치고 싶은 상대가 눈앞에 있다.

"그럼 유키 군은 괴롭힘을 당하고 있다고 확신해?"

"확신까지는 아니지만, 아마도."

"그런데 왜 아무한테도 말하지 않았어?"

"누구한테 무슨 말을 해야 하는데?"

그렇게 대답한 유키나리의 말투에는 다가오는 여름도 확 밀어낼 만큼 서늘한 기운이 서려 있었다. 이런 목소리를 들은 건 하쓰 할머니의 장례식 이후 처음인지도 모른다. 올 3월, 유키나리의 고등학교 합격 소식을 기다렸다는 듯이 할머니는 고요히 세상을 떠났다. 리카가 장례식장에서 "내가 할 수 있는 게 있으면 뭐든 말해줘"라고 위로했지만 유키나리가 "당분간 나한테 말 걸지 않는 게 도와주는 거야" 하고 쌀쌀맞게 대답했던 것이다.

그때와 똑같이 낮은 목소리 톤으로, 유키나리는 리카를 몰아세웠다.

"여자애들 싸움에 남자는 끼어들지 않아. 그게 암묵적인 룰이잖아. 중학교 때도 그랬어. 고등학교에 들어와서는 더하지 않겠어?"

"그래도."

"그럼 걔를 도와줘야 한다는 거야? 여자 친구 있는 내가 다른 여자애를 도와주면 반에 이상한 소문이 퍼져서 요란해질 텐데? 그때 가서 '나보다 걔가 좋아?' 하고 재수 없는 소리 하는 거 아냐?"

"아니……."

"괴롭힘을 당하는 쪽에도 문제가 있는 거 아닐까? 그렇게 예쁜 애가 괴롭힘당하는 걸 보면 성격이 어지간히 나쁜가 보지. 걔랑 말한 적이 없어서 잘 모르겠지만."

어떻게 대답하면 좋을지 마음을 정하지 못한 채로 머뭇거리는데 다음 수업 시작을 알리는 종소리가 울렸다.

"그런데 리카. 너 말이야, 갑자기 사람을 불러내서 설교하는 건 좀. 앞으로 쉬는 시간에도, 점심시간에도 너무 딱 붙어 있지는 말자."

"뭐라고?"

"4월부터 줄곧 커플 취급을 받고 있다고. 점심도 같이 먹고. 남자들끼리의 관계도 중요한데, 뒤처져버렸잖아."

"그렇지만 고등학생이 되면 항상 같이 있고 싶다고 했잖아. 그래서 나는 동아리에도 안 들어갔는데."

"들어가면 되잖아?"

"그런 건 석 달 전에 말했어야지. 지금 와서 동아리를 어떻게 들어가."

"내가 알 바 아니지."

"지금 그 말은 같은 고등학교에 오지 않았어도 괜찮을 뻔했다는 뜻이야?"

유키나리는 대답을 기다리는 리카에게서 등을 돌리고 자기 자리를 향해 성큼성큼 걸어갔다.

수업이 모두 끝나자 유키나리는 가벼운 인사도 없이 훌쩍 가버렸다. 설령 인사했다 하더라도 리카는 새치름히 앉아 있기만 했을 것이다. 뒷모습을 하염없이 바라보면 지는 거다. 자신에게 이렇게 말하면서.

"지금은 유키나리보다 메이 쪽이 중요해." 리카는 머릿속에서 이렇게 되뇌었다. 메이는 나일론 재질의 세련된 검은색 가방을 사선으로 메고 재빨리 교실을 빠져나갔다. 짧은 스커트가 바람에 나부끼면서 하얀 넓적다리가 슬쩍 보였다. 리카도 일어서서 그 뒤를 쫓았다.

"안녕, 잘 가."

시즈카의 목소리가 들려 리카는 돌아서서 빙긋 웃으며 손을 흔들었다.

메이는 걸으면서 휴대전화를 꺼내 누군가와 통화하더니 차츰 잔달음질쳤다. 너무 가까이 붙어 가면 눈에 띌 테니 리카는 잔달음질쳤다가 걸었다가 하면서 조금 거리를 두었다.

신발장에서 신발을 갈아 신고 교문으로 나가나 했더니, 메이는 그 전에 오른쪽으로 빠져 텃밭 쪽으로 향했다. 혹시 창고 뒤쪽으로 가는 건가? 그곳은 원예부가 식물을 키우는 텃밭 옆에 있는 창고로 동아리 활동에 쓰는 괭이나 낫 등을 보관하고 있다.

아…….

큰 소리를 낼 것만 같아 리카는 15미터 정도 떨어진 큰 나무 기둥에 몸을 숨겼다.

여자애들이 네 명 있었다. 그중 한 사람, 금강신처럼 무섭게 버티고 서 있는 애는 본 적이 있다. 4반이었던가? 나머지 셋은 모른다. 그렇지만 같은 교복을 입고 있고, 1학년임을 나타내는 빨강색 리본을 달고 있다.

메이는 괴롭힘을 당하는 것처럼은 도저히 보이지 않았다.

"미안, 늦었지."

가볍게 말하고는 머리칼을 왼손으로 슥 매만졌다.

"무슨 일이야? 다들 이런 데 모여서."

"너, 바보냐? 맛이 가기 시작했냐고."

금강신녀가 들고 있던 가방을 퍽 소리가 날 정도로 세게 창고 벽에 내리쳤다. 그 여자애도 역시 긴 흑발이었지만, 멀리서도 푸석푸석해 보이는 것이 메이와의 머릿결 대결은 일찌감치 결판이 난 듯했다.

리카가 나무 그늘에서 그런 판정을 내리고 있는 줄도 모르고 여자애들 목소리는 점점 거칠어졌다.

"번대는 거냐? 무슨 말을 들어도 괜찮다고 어필하고 싶은 거냐고. 누구한테 어필하고 싶은데?"

"미안, 무슨 말인지 잘 모르겠어."

"얘 또 시치미 떼네."

거칠게 말하는 금강신녀에게 쇼트커트 머리를 한 애가 말했다.

"안나, 얘가 오늘도 시치미를 뗄 것 같아서 내가 만들어온 게 있어."

저 금강신녀 이름이 안나구나. 얼굴형도 코도 입도 평범한데 눈꼬리가 치켜 올라간 데다 눈두덩이 부어서 원망스러운 얼굴처럼 보인다. 표정만 보면 안나 쪽이 괴롭힘당하고 있는 것 같다.

이야기를 듣는 동안에 뭔가를 만들어왔다고 말한 여자애의 이름이 사라라는 것도 알았다.

사라가 보조 가방에서 돌돌 만 종이를 꺼내 펼쳤다.

"하하하. 이거 좋네. 사라, 내용을 들려줘."

안나가 종이를 들여다보고는 웃음을 터뜨렸다. 칭찬을 받은 사라의 뺨이 갑자기 홍조를 띠기 시작했다. 그런 두 사람의 모습을 메이는 '대체 얘네들은 뭘까' 싶은 얼굴로 고개를 갸웃거리며 지켜보고 있었다. 바람이 산들산들 불어 나뭇가지를 흔들고 간다. 나무 기둥을 재빠르게 기어가는 무당벌레가 눈에 들어왔다. 마법사에게 부탁해 무당벌레의 등에 있는 반점을 전부 하트 모양으로 바꾸면 재미있겠다고 리카가 생각했을 때 사라가 종이에 적힌 글을 읽기 시작했다.

"죄상, 시라토 메이 귀하."

"귀하라니, 경칭이 아깝다."

누가 말을 곁들였다. 짝다리를 짚고 가방을 무거운 듯 손에 들고 있던 메이가 갑자기 똑바로 서는 것을 리카는 지켜봤다.

사라는 계속했다.

"귀하는 다음 세 가지 죄를 지었다.

하나, 미나토학원에서 아무 죄 없는 친구를 두고 커닝했다고 선생님께 밀고해 죄를 뒤집어씌웠다.

둘, 미나토학원에서 가마타니 교카가 사귀던 남자 친구를 빼앗아 교카에게 상처를 주었다.

셋, 위의 두 사실을 감추고 아무 일도 없었던 것처럼 뻔뻔하게 기요카와고등학교에서 학창 생활을 보내려 하고 있다."

리카는 메이의 상태를 살폈다. 등지고 있어서 표정은 볼 수 없었지만 적어도 몸은 얼어붙은 것처럼 1센티미터도 꼼짝하지 않았다.

"이상 세 가지 죄를 지은 바 미나토학원 출신자에게 속죄해야 한다."

"꽤나 간결하게 정리했네."

안나가 쿡쿡 웃었다. 한편 지금까지 끝에서 듣고 있던 몸집 작은 여자애가 입술을 비죽였다.

"뭐야. 나만 이름이 나오잖아. 싫은데."

그 애가 교카인 모양이었다.

"그럼 알파벳으로 대신하든지. 학원 이름도 M으로 하고 말이야. 이런 거, 선생님한테 들켰다가는 괴롭힘이니 뭐니 하면서 잔소리를 들을 테니까 익명으로 해두자."

네 사람이 왁자지껄 떠드는 것을 보고 있던 메이는 갑자기 이쪽으로 빙글 돌아서서 걷기 시작했다. 경쾌하고, 대담한 걸음걸이였다. 하지만 그 입술은 굳게 앙다물려 있고, 깜박이는 것을 잊은 눈은 무서우리만치 크게 벌어져 있다는 것을 리카는 깨달았다.

"멍청아, 한창 죄상을 읊는 중에 어디를 가려는 거야."

안나가 성큼성큼 걸어가 메이의 팔을 잡고 확 잡아당겼다.

"아얏."

"어디서 엄살이야."

안나는 메이를 창고 벽으로 휘돌리듯 밀었다. 프리패브로 지어진 간소한 건물은 탕 하고 큰 소리를 냈다. 안나는 깜짝 놀란 얼굴로 주위를 살피더니 아무도 눈치 채지 못했다는 것을 알고 메이의 얼굴에 자신의 얼굴을 바싹 들이댔다.

또 폭력을 휘두르면 교무실로 달려갈 거야. 리카는 그렇게 다짐했다. 하지만 내심 그렇게 되지 않기를 빌었다. '밀고'한 죄로 다음에는 자신이 저런 꼴을 당하리라는 것을 쉽게 상상할 수 있었기 때문이다. 순간 유키나리의 얼굴이 떠올랐다. 책망하듯 말했는데, 자신도 똑같은 짓을 하고 있다. 안나와 메이를 둘러싸듯 사람들이 다가섰다. 안나는 메이의 가슴팍에 달린 리본을 움켜쥐면서 낮지만 똑똑한 목소리로 말했다.

"메이, 너는 잊었는지 모르지만 죄는 지워지지 않아. 교카가 받은 상처도, 내가 커닝했다는 오해를 받고 큰 충격을 받은 것도 영원히 지워지지 않는다고. 너는 친구를 배신했어. 그러고도 자기만 기요카와고등학교에 붙어서 시치미 뚝 떼고 우리한테 작별을 고할 작정이었어? 그렇게는 안 되지. 만약 우리 모두 기요카와고등학교에 떨어졌더라도 학교 앞에 전단을 붙였을 거야."

메이의 옆얼굴은 다 마신 우유병처럼 투명과 흰색의 중간 같은 색을 띠고 있었다.

자기 말에 취한 듯 안나의 말투는 점점 거칠어져만 갔다.

"이 죄상을 너희 교실 게시판에 붙여도 좋아? 1학년 2반에서는 아직 정체를 감추고 있는 모양이지만, 단번에 미움받을 거야. 아무도 상대하지 않게 될걸. 그렇게 되고 싶지 않다면 우리한테 사죄해야만 한다는 걸 이제 작작 좀 깨달으시지!"

"어쩌라는 거야?"

메이의 싸늘한 말투에 안나가 격분했다.

"어떻게 하면 될까요. 이렇게 말해!"

"어떻게 하면…… 될까요."

"그러니까 어제도 말했잖아. 위자료를 달라고."

"얼마?"

"일단 오늘은 한 명당 1만 엔씩 해서 4만 엔. 갖고 오라고 어제 말했잖아."

"그랬나……."

"이 이상 시치미 떼도 소용없다고!"

그렇게 위협한 안나는 히죽히죽 웃기 시작했다.

"들었어. 네가 일요일에 아르바이트하는 카페. 매달 1일이랑 15일이 급여일이라고."

"오늘이네. 급여일."

교카가 빙글빙글 웃는다.

"돈이라니……, 학교에 안 갖고 왔어."

"그럼 인출기에서 뽑아."

"현금카드 없어."

"그럼 집에 가서 갖고 오면 되잖아."

메이가 고개를 숙였다.

"자, 메이, 어서 같이 가자."

"재밌겠다, 다 같이 하교하면."

"초등학교 때 생각난다."

"이게 얼마 만이지?"

안나가 메이의 팔을 다시 붙잡고 걷기 시작한다. 구물구물 10센티미터씩 걷는 메이를 안나가 잡아당겼다.

"이대로 교문까지 가면 우리가 너랑 옥신각신하는 거 모두한테 들킬 텐데 괜찮겠어? 곤란한 건 너 아냐?"

그 말이 끝나기가 무섭게 메이가 갑자기 몸에 힘을 빼고 평소처럼 걷기 시작했다.

"내가 메이 가방 들어줄게."

그렇게 말하자마자 교카가 가방을 빼앗았다.

"인질이 아니라 물질이네."

메이는 일순 발걸음을 멈췄다가 다시 걷기 시작했다. 그녀의 눈이 큰 나무 그늘에 있는 자신을 찾아낸 것 같은 기분이 들어 리카는 재빨리 나무 기둥 뒤쪽으로 몸을 움츠렸다.

"진짜 시라토 메이였어요……."

리카가 중얼거리듯 말하자 마법사는 고개를 끄덕였다. 흔들의자에 앉아 무릎 위의 갈매기를 쓰다듬고 있다.

리카는 좀처럼 다음 말을 꺼내지 못하고 갈매기를 빤히 바라봤다. 배와 갈퀴 달린 발을 드러낸 채 누워서 자다니, 새가 이런 자세를 하고 있을 수도 있나? 갈매기는 마법사가 오른손으로 자기 배를 살살 쓰다듬는 것이 기분 좋은 듯 눈을 감고 있었다. 리카네 집 고양이 미코도 이따금 벌렁 드러누워 배를 쓰다듬어달라고 하지만 새도 그러리라고는.

"있잖아요. 그래서 내가 어떻게든 해야 할 것 같은데."

"그래."

"하지만 시라토 메이랑은 말을 나눈 적이 거의 없어서. 시라토라고 불러야 할지, 메이 짱으로도 괜찮을지, 그것조차 모르겠어요."

"메이가 괜찮지 않을까?"

아니. 그런 뜻이 아니잖아요! 리카는 이렇게 지적하고 싶었지만, 마법사가 왜냐고 물어오면 이야기가 다른 길로 샐 것 같아 일단 이쯤에서 일단락 지었다. 마법사가 하라는 대로 호

칭을 정해봤자 소용이 없다. 리카가 하고 싶은 말은 시라토 메이에 관한 정보가 더 필요하다는 것이었다.

'자유 미인' 이미지가 무너진 지금, 진짜 메이가 어떤 사람인지 도무지 알 수가 없었다.

"시라토 메이는 오늘도 오겠죠?"

"거의 100퍼센트 오겠지."

"혹시 제가 안쪽 방에서 이야기를 들어도 될까요?"

마법사가 갈매기를 쓰다듬던 손길을 멈추고 리카를 지그시 바라봤다. 그녀는 서둘러 말을 이었다.

"호기심이라든가 그런 게 아니에요. 단지 메이가 무슨 말을 하고 어떤 추억을 맡기는지, 그런 걸 제대로 듣지 않으면, 내가 이제부터 괴롭힘을 어떻게 막아야 하는지 생각할 수가 없잖아요."

"괴롭힘을 막을 생각이야?"

"그게…… 아무것도 모르는 척은 하지 못하겠어요. 그런데 오늘 봤지만, 괴롭히는 애들도 만만치 않아서. 그러니까 이쪽도 진지하게 대책을 짜지 않으면 안 돼요."

"알았어."

"뭐라고요?"

"네가 어쩔 생각인지 지켜보는 건 재미있을 테니까 허락하겠다고. 그럼 지금 당장 숨는 편이 좋겠구나."

"네?"

문을 노크하는 소리가 들렸다. 리카는 깜짝 놀라 복도로 나왔다. 다락방으로 올라가는 좁은 계단이 있다. 위쪽으로 이어지는 층계참 이 끝에서 저 끝까지 걸린 빨랫줄에 손수건 세 장이 널려 있었다.

이상도 하지. 마법사가 빨래를 다 하다니. 마법으로 순식간에 말릴 수 있지 않나? 그런 생각을 하면서 리카는 밑에서부터 세 번째 계단에 앉았다. 그러면 혹시 메이가 복도를 들여다보더라도 자기 모습이 들킬 일은 없다. 마찬가지로 상대의 모습도 볼 수 없지만.

"안녕하세요."

그 목소리가 너무나 가냘파 리카는 두 번째 칸에 서서 슬쩍 엿봤다. 소파에 푹 주저앉은 메이에게 보일 걱정은 없는 듯했다. 메이가 등을 구부린 채 얼굴을 아래로 향하고 있기 때문이었다. 긴 머리칼이 축 늘어져 있어, 초등학교 때 자주 읽은 일본 옛날이야기에 나오는 요괴 같다. 자유 미인의 편린은 어디에도 없다.

다람쥐가 똑똑 소리를 내며 차를 우렸다.

"마음을 편하게 해주는 허브티야. 어제 사슴벌레가 날라다

준 벌꿀을 넣었어."

사슴벌레가? 벌꿀을? 리카로서는 따지고 들고 싶은 점이 많았지만, 메이는 그저 고개를 끄덕일 뿐이었다.

조용히 시간이 흐른다. 메이가 허브티를 조용히 홀짝이는 소리까지 들릴 정도였다.

"저, 아마도 매일 똑같은 이야기를 하고 있겠죠? 마법사님이 지긋지긋해할 만큼."

고개를 숙인 채 메이가 겨우 입을 열었다. 마법사는 담담하게 대답했다.

"그게 내 일이니까."

이럴 때는 "괜찮아" 하고 좀 더 부드럽게 위로해야 하는데.

리카는 끼어들고 싶은 충동을 꾹 참고 다시 계단에 앉았다.

"오늘도 추억을 맡길래?"

마법사의 물음에 메이가 "네" 하고 가느다랗게 대답하는 것이 들렸다.

"수업이 끝나자 휴대전화로 불러내더라고요. 학교 뒤쪽으로 갔죠. 오이밭, 가지밭이 있고 초록초록해서 예쁜 곳이에요. 입학하고 나서 학교를 구경할 때 가보고 좋다고 생각했어요. 미술 시간에 자유롭게 교내를 스케치해도 된다고 하면 여기를 그려야겠다는 생각도 했죠. 그런데 그런 분위기가 아니었어요. 안나가 엄청나게 험악한 얼굴을 하고서는……. 거기서 편의점 현금인출기로 끌려가서……. 현금카드 같은 거 안 갖고 다닌다고 했는데, 어찌 된 영문인지 나중에 보니까 지갑에 들어 있더라고요. 어쩌면 추억을 맡겼어도 몸이 기억하고 있었는지도 모르죠. 카드를 갖고 있는 편이 좋다고 생각해서."

"그럴지도 모르겠구나."

"4만 엔을 뺏겼어요. 아르바이트비보다 많았어요."

"그래."

"그래도 마법사님 덕분에 괜찮아요. 매일 추억을 맡기는 덕분에 계좌에는 돈이 아주 많아요. 그걸로 해결된다면 별 상관없어요."

"그럴까?"

"분명 지금까지도 그랬겠죠? 아르바이트 급여일에 그 애들이 돈을 받으러 온다. 그렇다면 앞으로 보름 동안은 돈을 뺏기는 일이 없겠죠. 조금 안심했어요."

아니야. 뭔가 잘못됐어. 그런 걸로는 아무것도 해결되지 않아. 리카는 엉덩이를 계단 끝에 살짝 걸치고 몸을 앞으로 내밀었다.

마법사가 파일을 꺼내는 것이 보였다.

"그럼 오늘 추억은 2000엔을 지불할게. 사실은 조금 더 주고 싶지만……"

"알아요. 매일 거의 똑같은 추억만 말하는걸요. 돈 같은 거, 사실은 이제 아무래도 상관없어요. 이렇게 마법사님이 가져가주는 것만으로도 좋아요. 그렇잖아요. 매일같이 괴롭힘당하면서 그 추억을 전부 등에 지고 학교에 간다니, 무리예요. 이렇게 여기에 두고 갈 수 있게 해주니까 저는 씩씩하게 아침을 맞을 수 있어요."

"정말?"

소리를 내버리고 나서 리카는 입을 막았다. 하지만 물론 때는 늦었다. 흠칫 놀란 얼굴로 메이가 일어서 있었다. 어쩌면 아까 친구들이 둘러싸고 있었을 때보다 더 창백해졌을지도 모른다.

"누구야?"

이제 모습을 드러낼 수밖에 없다.

"나가사와 리카. 너랑 같은 반이야."

자포자기해서 성큼성큼 걸어 거실로 들어갔다. 메이의 단정한 얼굴 미간에 주름이 확 잡혔다. 그녀는 리카 쪽은 보지도 않고 마법사에게 말했다.

"너무해요. 듣는 사람이 있다뇨."

아무리 마법사라도 쩔쩔맬 수밖에 없을 거라 생각했는데

뜻밖에도 그녀는 시원하게 대답했다.

"내 가게야. 내가 허락했어. 쟤가 듣고 싶다고 해서."

당당한 대답에 받아칠 말이 없어진 메이는 고개를 숙였다. 리카는 메이 앞에 섰다. 이 말을 해버리면 이제 그 그룹과 대결할 수밖에 없다. 구역질이 올라오는 것을 참았다.

"있잖아. 시라토."

"오늘…… 있었지?"

"어?"

"나무 그늘에 숨어서 보고 있었지. 웃고 있었어?"

"아니야."

"그럼 왜?"

"오늘 알았어. 그런 일이 있다는 걸. 그래서 어떻게든 하고 싶어서."

"어떻게든?"

"잘 모르겠지만, 네가 매일 여기에 괴롭힘당한 추억을 두고 가는 건 아니라고 생각해."

"어째서?"

메이는 갑자기 소리를 높이며 달려들 것 같은 눈으로 리카를 노려봤다.

"어떻게 그런 말을 할 수 있어? 전날의 싫은 추억을 안고 어떻게 다음 날 아침에 일어나? 어떻게 학교에 가느냐고. 전날과 똑같은 일이 방과 후에 틀림없이 다시 벌어질 텐데 알면서 어떻게 갈 수 있다는 거야? 고등학교는 즐겁게 다닐 거야. 그렇게 마음먹었어. 중학교 때 추억은 전부 갖고 있어. 학원에서 커닝을 눈감을 수가 없어서 선생님한테 말한 것도, 그 뒤로 배신자라는 말을 들은 것도, 애들이 내가 남의 남자 친구를 꼬셨다고 멋대로 오해해서 나를 미워한 것도. 사실은 그 남자애가 일방적으로 고백한 건데. 나는 그럴 생각 전혀 없다고 거절했는데."

"그런…… 거야?"

"그래. 하지만 그런 걸 기억해도 아무것도 나아지지 않아. 괴롭힘은 논리가 아니라 감정이니까. 한 번 싫어졌다 하면 다른 건 보지도 않고 오로지 폭주할 뿐이야. 그래서 내가 기요카와고등학교에 가려는 걸 알고 자기들도 진로를 변경해서 여기까지 따라온 거야. 모처럼의 먹이를 놓치지 않겠다는 느낌이랄까. 그런 집념 강한 애들한테 매일매일 괴롭힘당한 추억을 안고 내가 견딜 수 있을 거라고 생각해?"

메이는 갑자기 힘이 빠진 듯 뜨겁게 굽힌 마시멜로처럼 허물어져 소파에 주저앉았다.

"그렇지만 잊어버려서 나쁜 일도 일어나고 있어."

입을 연 리카는 힘찬 자기 목소리에 스스로 놀랐다. 사실은 아직 뒷걸음치고 싶은데.

마법사는 흔들의자에 앉은 채로 메이와 리카를 번갈아 바라봤다.

“네가 기억을 잊은 게 걔들 신경을 쓸데없이 더 곤두세운다는 거 알아? 시치미 뗀다고 생각하게 만들어서 점점 화를 돋우고 있다고.”

“시치미 떼는 게 아니란 걸 알면 사태가 나아져?”

“뭐라고?”

“크게 변하지 않잖아.”

고개를 숙인 메이를 내려다보고 있자니 리카는 점점 정작 자신이 메이를 괴롭히는 것이 아닌가 하는 기분이 들었다.

“자자, 앉으렴.”

마법사의 말에 리카는 빈 스툴에 자리를 잡았다.

“나는 네가 대단히 자유롭고 근사하고 멋지다고 생각했어.”

“응?”

메이가 고개를 들었다.

“친구들이랑 화장실에 같이 간다든지, 같은 동아리에 들어간다든지, 그런 거에서 벗어나 혼자서 자유롭다고.”

“중학교 때는 전혀 그렇지 않았어.”

"그래?"

"누구랑 같이 있는 편이 즐거운걸. 둘이서 짝을 지어보세요, 넷이서 그룹을 만들어보세요, 선생님이 이런 말씀을 하시면 마음이 덜컥 내려앉으면서 허둥거리게 돼. 힘들어."

"그래……."

"사실은 지금도 그래. 그래서 그런 수업은 안 들어가. 조리실습도, 생물 그룹 관찰도."

"왜? 너랑 친구가 되고 싶은 애들이 우리 반만 해도 많을 텐데. 나도 그렇고."

"처음에는 좋아. 여자끼리 이야기하고 놀 때는."

줄곧 마법사의 무릎 위에서 느긋하게 누워 있던 갈매기가 따분한지 푸드덕푸드덕 난로 위로 날아갔다. 메이는 그 모습을 눈으로 좇으며 나직하게 말을 이었다.

"그런데 얼마 지나지 않아서 꼭 남자가 끼어들어서 방해해. 본인은 전혀 방해할 생각이 없어. 그저 내가 좋다든가 사귀자라든가……. 그러면 성가신 일이 생겨. '미나미 짱이 전부터 쓰요시를 좋아했는데 메이는 너무해' 하고 누가 말을 꺼내지. 나는 그저, 좋아한다는 말을 듣고 거절한 것뿐인데. 그래서 결심했어. 고등학교에 들어가면 누구와도 눈을 마주치지 않겠다고. 그렇게 지내면 3년간, 싫은 일 겪지 않고 끝낼 수 있을지도 몰라. 지금까지는 순조로워. 걔들만 빼면."

"'걔들'을 해결하지 않으면 제대로 된 고등학교 생활을 시작할 수 없어."

"잊는 것으로 시작되고 있어."

"구체적인 내용은 떠오르지 않더라도 맡겼다는 건 기억하잖아. 그러니까 걔들을 만날 때마다 너는 자신이 도망칠 작정으로 추억 전당포에 다니고 있다는 걸 알게 되지. 그런 게 즐거울 리가 없어."

"그럼 어쩌라는 거야?"

메이의 물음에 리카는 아까부터 하던 생각을 이야기하기 시작했다.

"있잖아, 나 중학교 때 신문부였어. 안 좋은 일이 있어서 그만뒀지만 고등학교에서도 다시 한번 들어갈까 해. 거기서 문제 삼을게. 실명은 감추고. 하지만 걔들이 '내 이야기 아냐?' 하고 가슴 철렁할 만한 기사를 쓸게."

"자극하는 건 곤란해."

"뭐라고?"

"분명 모두한테 까발릴 거야. 내가 학원에서 괴롭힘당했다는 거."

"하지만 넌 나쁜 짓 하지 않았다며. 아까 그랬잖아."

"그런 문제가 아니야. 괴롭힘당했던 애라는 걸 아는 순간, 모두의 눈이 달라진다고. '잘 모르지만 가까이 가지 않는 편이 좋아'. 이렇게 생각해."

그 순간 갈매기가 갑자기 날아올라 천장 부근을 선회하기 시작했다.

"집에 가고 싶니?"

마법사는 그렇게 말하고 문을 열었다. 갈매기는 날개를 푸드덕거릴 때마다 끼룩끼룩 근육을 울리면서 구지라섬 쪽으로 날아갔다.

마법사는 자리로 돌아와 입을 열었다.

"더 간단한 해결책이 있지 않을까?"

"네?"

리카와 메이는 동시에 마법사를 쳐다봤다. 그녀는 그 이상 아무 말도 하지 않았다. 리카는 깨달았다. 그렇다. 내가 각오만 한다면.

메이가 창밖을 내다보고 당황한 듯 말했다.

"이제 돌아가야겠어요. 해가 지고 있어요."

그리고 가방을 들고 일어섰다.

"있잖아, 나가사와였던가?"

"리카라고 불러줘."

"음, 리카……, 아무 말도 하지 말아줘."

"뭐라고?"

"쓸데없는 생각, 해주지 않아도 된다고. 오히려 곤란해질 수도 있고."

성큼성큼 걷는 뒷모습은 평소의 자유 미인으로 돌아와 있었다. 문을 열자 석양이 들이쳐 그녀의 머리칼은 초콜릿 퐁듀 폭포같이 윤기가 흐르며 빛났다.

"잠깐만!"

리카가 불러 세웠다. 눈가에 비친 마법사가 희미하게 고개를 끄덕인 듯한 기분이 들었다.

"시라토, 잠깐만."

"왜?"

메이가 쌀쌀맞게 돌아봤다.

"나도 메이라고 불러도 될까?"

"뭐라고?"

"친구가 돼주지 않겠어?"

"어째서."

"전부터 관심이 있었어. 좀 더 이야기를 나누고 싶어."

"하아."

"단 하나만 약속해 줘."

"조건이 있어? 친구가 되는데?"

메이가 조소를 머금었다. 리카는 흔들리지 않고 대답했다.

"그래. 내일부터는 추억을 맡기지 말아줘. 좋은 추억도. 나쁜 추억도."

"나는 여기가 정말 마음에 들어."

"오는 건 전혀 상관없어. 나도 그러니까. 마법사와 노상 만나지만 추억을 맡긴 적은 한 번도 없어."

"정말?"

"마법사는 그래도 상관없대. 그러니까 이야기를 들려주기만 하고 맡기지 않으면 돼. 게다가."

"게다가?"

"이야기라면 나도 들을게."

메이가 살짝 떠는 것처럼 보였다.

"너무 갑작스러워서."

"그렇겠지……."

"내일까지 생각해 볼게."

"응."

문이 닫혔다. 지켜보는 눈을 신경 쓰는지, 메이가 어깨에 메는 가방을 등 뒤로 돌린 채 절벽 아래 돌계단 쪽으로 향하는 것이 보였다. 마법사가 재빨리 왼손을 허공으로 들어올렸다.

"우아."

리카는 저도 모르게 탄성을 질렀다. 계단 옆에 피어 있던 수국이 줄기에서 떨어져 둥실 떠올랐다. 엄청나게 많은 하트 모양 꽃잎들이 놀라 멈춰 선 메이를 감싸고 있었다.

텔레비전 기상 캐스터가 "아직 6월이지만 오늘은 한여름 기온까지 올라갈 예정입니다!" 하고 요란스레 떠들어대고 있었다.

다음 날 아침, 리카는 정문을 지나 교실 문을 열고 들어가려다 멈춰 서고 말았다. 항상 지각했기 때문에 벌써 와 있으리라고는 생각하지 못했다. 메이가 있었다. 한가운데 줄, 앞에서 다섯 번째. 복도 쪽 제일 앞에 앉는 리카와는 거리가 좀 있다. 책을 읽는 것도 아니고, 휴대전화를 만지작거리는 것도 아니고, 턱을 괴고 멍하니 앉아 있었다.

리카는 그대로 자기 자리에 앉았다. 가방에서 교과서를 꺼내 서랍에 넣고 있는데, 누가 어깨를 톡톡 두 번 두드렸다. 돌아보니 메이가 있었다.

"안녕. 리카."

미소를 보이면서도 시선은 점점 바닥으로 떨어졌다. 리카는 서둘러 말했다.

"메이, 1교시 수업 뭐였지?"

그리고 빙그레 웃어 보였다.

"수학이야." 메이는 겨우 눈을 맞춰줬다. 그 눈동자 안쪽까지 제대로 웃고 있었다.

"어제 일을 온전히 기억한다는 건 역시 좋구나."

리카는 고개를 끄덕였다.

좋았어. 그녀는 작전을 짜기 시작했다.

유키나리는 여진히 리카가 학교에서 말을 거는 것을 싫어했다. 하지만 오늘은 주말이고, 게다가 유키나리가 관심 있는 축구 시합을 보러 가는데, 리카가 함께 가는 중이다. 그래서 45분 동안 전차를 타고 가는 내내, 유키나리는 이따금 휘파람을 불기도 하는 등 기분이 좋아 보였다.

가네하라시는 이 일대의 중심 도시로, J리그 진출을 노리는 가네하라FC의 본거지다. 중앙 개찰구 밖에서 1학년 1반 사가라 하루야가 벽에 기대서서 휴대전화를 만지작거리고 있었다. 유키나리와 같은 축구부다. 여름 대회에서 3학년이 은퇴하면 두 사람 다 1학년이면서도 정규 선수가 될지도 모른다는 말을 듣고 있다. 그런데도 정규 선수가 되든 안 되든 상관없다는 얼굴을 하고 있는 점이 비슷하다.

"아사노는?"

리카는 하루야의 여자 친구를 찾았다. 지난달에도 한 번, 넷이서 영화를 보러 간 적이 있다. 아사노는 여고에 다녀서, 그때가 첫 만남이었다.

"헤어졌어."

하루야가 휴대전화를 탁 닫았다. 그 소리가 두 사람을 이어주던 줄을 가위로 딱 자르는 것처럼 들렸다.

"호오, 누가 먼저?"

유키나리도 처음 듣는지 그렇게 물었다.

"내가. 좀 귀찮아져서. 자기가 보낸 문자에 늦게 답한다는 둥 어쩌고 하니까 정이 떨어지더라고."

"다른 학교에 다니니까, 자주 만날 수 없어서 쓸쓸했던 게 아닐까?"

리카가 위로의 말을 건넸지만, 하루야는 그다지 위로받고 싶은 마음도 아닌 모양이었다.

"오늘 하뉴 선배가 선발로 나올 모양이야."

유키나리에게 이렇게 말하며 재빨리 걷기 시작했다.

아사노와 특별히 죽이 잘 맞은 것은 아니지만, 남자 둘이 떠들 때 말할 상대가 있어서 좋았다. 오늘은 셋이구나. 하지만 리카는 오히려 이 편이 좋을지도 모르겠다고 긍정적으로 생각했다. 하루야에게 묻고 싶은 것이 있었다.

"있잖아, 하루야 군, 우에하시중학교 나왔지?"

스타디움에 도착해 유키나리가 화장실에 간 사이에 리카는 자연스럽게 말을 걸었다. 하루야는 기다란 팔다리를 주체 못 하겠다는 듯 매점 옆 기둥을 양손으로 붙들고 그 밑에 있는 소화전 상자에 한 발을 걸치고 다른 한 발을 공중에 대롱대롱 흔들고 있었다.

"맞아. 그런데, 왜?"

"최근에 4반 아소 안나란 애를 만났는데, 알아? 걔도 우에하시중학교 출신이지?"

이미 조사를 통해 안나와 나머지 세 사람이 모두 같은 중학교를 나왔다는 사실을 알아낸 다음이었다. 메이는 기하나중학교 출신으로, 학원만 같았다.

"알지, 알지. 아주아주 잘 알아. 초등학교도 같은 학교였어."

으흐흐 하고 하루야가 입을 다문 채 웃었다. 안나와 '친한 사이'라고 말하는지, 그렇지 않은지에 따라 이야기의 진행 방향을 정하려고 했는데, 그 표정을 보고 리카는 마음을 먹었다.

"걔 좀 이상하지 않아? 처음 보는데 나한테 자꾸 딴죽을 걸더라. 드센 성격인가?"

두근거리는 가슴을 안고 대답을 기다렸다. 사실 리카는 아직 안나와 직접 이야기를 나눈 적이 없다. 그날, 큰 나무 그늘에서 훔쳐본 것이 전부다.

"그래, 맞아, 그런 타입이야."

하루야의 대답에 힘을 얻어 리카는 과감하게 말해봤다.

"뭐 되받아칠 만한 것 없니? 그리 대단하지 않아도 괜찮아. 왜 있잖아. 초등학교 5학년 때까지 오줌을 쌌다든가, 이상한 별명이 있다든가, 선생님한테 자주 혼났다든가. 딴죽을 걸어올 때 내가 재치 있게 되받아칠 만한."

"아아."

하루야는 히죽 웃었다.

"별명 말이지. 그 녀석, 한때 그로라고 불렸어."

"그로? 그로테스크?"

예쁘지는 않지만 못생겼다고 할 정도도 아닌 안나의 얼굴을 떠올리며 리카는 물었다.

"아니. 글로스의 그로."

"입술에 바르는 그 글로스?"

"내가 말했다고 그러지 마. 젊은 혈기의 소치란 거지. 고등학생쯤 되면 과거를 잠자코 덮어줘야지."

헤헤헤 웃던 하루야는 기둥에서 손을 떼고 아래로 폴짝 뛰어내렸다.

"이런 데로 다 불러내고, 무슨 일 있어?"

메이가 물었다. 그런 그녀를 둘러싸듯이 안나를 비롯한 네 사람이 다가섰다.

그날 이후, 더 이상 추억을 맡기지 않는 메이는 다 안다. 여기서 자기가 무슨 말을 듣는지, 무슨 짓을 당하는지. 메이가 달달 떠는 것이, 숨어서 상황을 지켜보는 리카에게도 보였다.

리카는 진달래가 줄지어 심긴 화단을 따라 걸어 창고 뒤편으로 돌아 들어갔다. 자신이 여기 있는 것은 메이도 모른다.

메이는 경계하는 표정으로 가방을 양손으로 꼭 안고 있었다. 무의식중에 가슴과 배를 방어하는 것인지도 몰랐다.

"무슨 일 있냐고? 시치미 떼는 것도 적당히 하시지!"

안나가 노려봤다.

"그렇게 계속 모르는 척하면 게시판에라도 죄상을 붙여주겠어."

"죄상……."

메이가 고개를 숙였다.

"우리 온정에 기대서 너무 우쭐대지 말란 말이야. 네가 공공연하게 괴롭힘당하지 않는 건 우리가 학원에서 있었던 일을 퍼뜨리지 않았기 때문이야. 말하면 전부 끝이라고. 친구도 다 떨어져 나갈걸. 애초에 없는 것 같지만."

안나에게 아첨 떨듯 사라가 쿡쿡 웃었다.

"있어. 친구."

메이가 고개를 떨군 채로 나직하게 말했다.

"누구? 말해봐."

그렇게 채근당하자 메이는 입을 다물었다.

"말해."

어깨를 떠밀려도 그녀는 입을 열지 않았다. 리카의 이름을 말하면 피해가 갈 것 같아 막아주는 것이었다. 그 순간, 리카는 오른손에 든 내용물을 확인한 다음에 뛰쳐나갔다.

"바로 나야."

"앗."

메이의 눈이 2센티미터는 족히 벌어진 것 같네. 이런 이상한 생각을 하면서 리카는 그녀를 감싸듯이 안나 앞에 섰다.

흐흥 하고 코웃음 소리가 들렸다. 흘깃 노려보니 범인은 교카였다.

"정의의 사도 놀이라도 하는 거야? 안타깝게도 메이는 정의가 아니니까 감싸줄 가치가 없다고."

"맞아. 혹시 괴롭힘당한다고 생각해서 여기 왔다면 오해라고. 고등학생이나 돼서 그런 짓을 할 리가 있나. 그저 교섭하고 있을 뿐이야. 정신적인 위자료를 말이지. 가해자는 잊어도 피해자는 잊지 못하거든."

더 이상 들을 필요 없었다. 리카는 오른손에 들고 있던 얇은 종이봉투를 안나에게 내밀었다.

"이거, 받아둬. 위자료로."

"뭐야……."

테이프를 뜯고 봉투 안쪽을 들여다본 안나는 고개를 갸웃거리며 손을 집어넣어 내용물을 꺼냈다.

그러고는 아무 소리도 내지 못하고 순식간에 안색이 하얗게 변해갔다.

"글로스. 싸게 팔길래 네 생각이 나서 잔뜩 사뒀어. 어릴 때부터 엄청 좋아했잖아? 돈을 내는 것도 잊고 가져가려고 할 정도로."

"무슨 소리인지 하나도 모르겠네."

"원래는 경찰을 불러야 하지만 같은 동네 애라서 너그럽게 눈감아줬다고. 그런데 다른 가게에 가서 또 그랬다며? 초등학교 6학년 때부터 글로스 같은 걸 모았으니까 화장이 그렇게 짙어지지."

마지막 한마디는 좀 위험했나? 리카는 시간을 10초 전으로 되돌리고 싶어졌다. 하루야가 가르쳐준 약점은 예상보다 효과가 있어서, 애니메이션에 나오는 슈퍼 히어로가 된 기분이었다. 적, 파멸.

"나도 온정이라는 게 있으니까 말하지 않을게. 우리 모두 고등학생이 됐으니까 새로운 생활을 즐기자고, 알았지?"

리카는 메이의 손목을 붙잡았다.

"하지만 메이를 또 쓸데없이 건드리면 그때는 선물한 글로스 값, 돌려받을 줄 알아. 돌려주지 않으면 교실 게시판에 청구서를 붙일 거야."

교카도, 사라도, 이름을 모르는 또 한 명도 안나에게 어떻게 된 거냐고 묻지 않고, 리카를 지그시 노려보기만 했다. 그로짱의 과거를 아는 모양이었다.

리카는 메이를 잡아끌고 달리기 시작했다.

"그 글로스, 뭐야? 어째서 걔들이 갑자기 얌전해진 거야?"

"마법 지팡이."

"너도 마법을 부릴 줄 알아?"

"조금."

달리니 살짝 땀이 나기 시작했다. 하지만 이대로 둘이서 구지라사키 절벽까지 가는 거다.

리카는 메이와 계속해서 달렸다.

"여기서 보면 말이지, 바다색이 다르단 말이야. 냄새도 뭔가 달라. 멀리 있는 파도가 부서지면서 그 파편이 바람에 섞여 흘러오는 듯한 기분이 들어. 진정한 바닷바람."

그 바닷바람 때문에 메이의 윤기 나는 머리칼은 살짝 습기를 머금었지만, 본인은 신경 쓰지 않았다. 메이 옆에서 리카는 크게 숨을 들이마셨다.

"여기 정말 굉장하지? 마법사가 더 일찍 만들어줬으면 좋았을 텐데."

마법사가 다락방에서 밖으로 나갈 수 있는 발코니를 만든 것은 두 달 정도 전이었다.

발코니에서는 북쪽 구지라섬과 그 앞에 펼쳐진 바다가 한

눈에 보였다. 밀려드는 파도의 색도 모양도 날마다 전혀 다르고, 하늘도 갈매기 스무 마리 정도가 춤을 추는 때도 있는가 하면 바람에 떠밀려온 나비가 필사적으로 육지로 돌아가려고 하는 때도 있어서 전혀 질리지가 않는다.

저녁이 되면 서쪽에서 강하게 내리쬐는 태양이 구지라섬을 마치 달구어진 쇳덩이처럼 붉게 물들인다. 공구로 두드리면 자유자재로 섬 모양을 바꿀 수 있을 것 같다.

"우리가 2학년이 돼서 바빠지니까 추억 전당포에 자주 오게 하려고 만들어준 건지도 몰라."

메이가 웃으며 말했다. 리카가 고개를 끄덕였다.

"아마, 그게 맞을걸."

둘이 여기서 처음 이야기를 나눈 지도 1년 1개월이 지났다. 여름 방학 칫날, 리카도 메이도 마침 일정이 없어 전당포로 놀러 왔다. 3주 만이다.

"실수였어. 도서 위원만 했으면 됐을 텐데 문예부 만드는데 협력한다고 무심코 약속해서 바빠져버렸지 뭐야."

리카는 짐짓 한숨을 내쉬었다.

"그래도 리카가 만들어준 덕분에 나도 같은 부원이 됐고."

"응."

문예부 발족 멤버는 일곱 명, 그중에는 리카와 메이도 있다.

동아리가 같으면 하교도 함께하고 이야깃거리도 늘고, 기본적으로는 좋은 일뿐이다. 다만 한 가지, 옛 신문부원으로 문장 쓰는 것을 좋아했던 리카의 입장에서 보면 메이의 문장은 조금 유감스러웠다. 놀랍도록 단정한 얼굴과 윤기 흐르는 머리칼 이상으로, 문장도 놀라운 수준이길 바랐다. 그런데 메이가 쓴 문장은 다른 의미에서 놀라웠다. 엉뚱한 접속사를 쓰거나 주제에서 점점 벗어나거나…….

뭐, 자기가 더 잘하는 것이 하나 정도는 있어야 비로소 친구 사이에 균형이 잡힌다. 그렇지 않으면 내가 메이의 친구로서 자격이 있을까 하고 불안해질 것만 같다.

리카와 메이의 만남 이후 네 계절이 지났다. 반에서는 "어떻게 이 두 사람이 친해졌을까?" 하고 아직도 의아해하는 이색 콤비다. 굳이 말하자면 여자에게는 인기 있지만 남자에게는 "우등생에 좀 성가시다"라고 여겨지는 리카와, 여자에게는 "종잡을 수 없는 이상한 애"라는 평가를 받으면서 남자의 시선을 줄곧 모으는 메이. 사연을 모르는 사람들에게는 분명 베일에 싸인 조합 같을 것이다.

이 두 사람 사이에 끼어들려는 여자애는 하나도 없었다. 아니, 1학년 때 시즈카가 시도했지만, 그녀가 들어오니 메이가 쏙 빠져버렸다. 시즈카는 "낯가리는 고양이 같아. 리카한테만 곁을 내주잖아" 하고 투덜거리며 물러섰다.

계단 아래에서 쿵쿵거리면서 올라오는 발소리가 들려왔다. 리카는 뒤돌아봤다.

"아줌마들. 마법사가 차 끓였대."

"싫다, 또 걔네."

메이는 쳇 하고 혀를 차려다가 허둥지둥 리카를 향해 "어머, 나도 참 교양 없이" 하고 말하듯 혀를 쏙 내밀었다.

발코니로 불쑥 얼굴을 내민 것은 하루토였다. 여름 방학도 되기 전부터 이렇게 그을리면 한여름에는 어떻게 될까 궁금해질 정도로 피부색이 노릇노릇한 갈색이다. 제대로 닦지 않는지, 원래 그런 색인지, 이까지 해에 구워진 듯 옅은 노란색으로 물들어 있었다.

"불러주는 건 좋지만, 여기에 아줌마는 없다고."

리카가 노려보자 하루토는 히죽 웃었다.

"우리 형이 그랬어. 여자는 열다섯 살이 넘으면 다 아줌마라고."

"그런 식이라면 너도 곧 아저씨야."

"나, 아직 열두 살이야!"

"아직 란도셀(일본 초등학생이 메고 다니는 가방 _옮긴이)을 메고 다니는 주제에 건방지구나."

메이도 무섭게 흘겨봤다. 하루토는 턱을 쑥 내밀었다.

"무슨 소리야! 란도셀 같은 건 5학년 때부터 안 썼다고. 스포츠 가방 멘다고."

더 하면 맞을지도 모르겠다고 생각했는지, 하루토는 그렇게 말하고는 재빨리 머리를 집어넣고 계단을 내려갔다.

리카와 메이는 얼굴을 마주 보고 쓴웃음을 짓고서는 뒤를 따라 내려갔다.

거실에는 마법사가 색색의 팝콘을 그릇에 담고 있었다. 노란색이나 갈색은 리카가 아르바이트하는 영화관에서도 팔지만, 여기에는 녹색, 보라색, 하늘색까지 있다.

"하루토 군이 쿠키에 질렸다고 해서 만들어봤어."

보라색은 포도 맛이 났다. 리카는 주저주저 하늘색 팝콘을 집었다.

"그래서 하루토는 오늘 어떤 추억을 맡기러 왔어? 또 어머니 험담?"

리카의 질문에 하루토가 다시 턱을 내밀고 대답했다.

"땡! 안타깝네요. 오늘은 엄마에 대한 좋은 이야기를 맡기러 왔습니다."

"어떤 이야기인데?"

"요전번 축구 시합날이었어. 형 시합이랑 겹쳐서, 엄마는 형을 데려다줘야 하니까 당연히 도시락은 기대도 안 했거든. 전에 비슷한 일이 있었을 때는 편의점에서 삼각김밥 사 먹으라고 돈을 줬기도 하고."

"그래?"

맞장구를 치면서 리카는 하늘색 팝콘을 다시 입에 던져 넣었다. 무슨 맛이지? 사이다인가? 의외로 손이 가네.

"그런데 이번에는 제대로 만들어줬어. 물론 다 알아. 형도 마침 도시락을 싸 가야 해서고, 나는 덤이었다는 걸. 하지만 내가 좋아하는 미트볼이었어. 뭐, 냉동식품이기는 했지만."

"냉동이든 뭐든 좋잖아. 만들어주셨으니까. 왜 그렇게 좋은 추억을 맡기는 거야?"

메이가 물어보자 하루토는 한숨을 내쉬었다.

"뭘 모르는군, 아줌마는."

"아줌마가 아니라고."

"생각해 봐. 나쁜 추억만 맡기면 엄마한테 공평하지 않잖아? 좋은 추억도 재빨리 잊는다. 이게 내 안의 정의야."

"무슨 소린지 모르겠네."

메이가 소파 등받이에 쓰러지듯 기대면서 말했다. 정말이지, 이 초등학생은 이해할 수가 없다.

리카가 물었다.

"하루토, 차남이지?"

"치질? 나, 그런 거 없어."

"아니, 치질이 아니라 차남이냐고! 집에서 두 번째 아들이냐고 묻는 거잖아!"

정색하고 화를 내는 리카를 하루토는 히죽히죽 웃으며 바라봤다.

"차남인데, 그게 뭐?"

"보통 차남은 부모님과 사이가 좋지 않나? 분위기 잘 맞추고 귀여움 받을 수 있는 비결을 잘 알아서. 하루토는 그런 요령이 없나?"

"아아, 나는 그런 식으로 판에 박힌 공식에 사람을 끼워 맞추려는 인간, 정말 싫어, 부모와 잘 지내지 못하는 차남도 있어. 아줌마들은 싫지 않아? 자기 부모님."

"좋다든가, 싫다든가, 그런 생각은 한 적 없어."

"뭐라고?"

"그렇잖아. 만약 생판 모르는 남이라면, 좋으면 옆에 계속 있으면 되고 싫으면 멀어지면 돼. 하지만 부모는 절대 인연을 끊을 수 없어. 옆에 있든, 멀리 있든 평생 만나지 않더라도 부모라는 사실은 변함이 없지. 그렇다면 좋은지 어떤지 일일이 생각하지 않는 게 편하지 않아?"

거짓말이라도 들은 듯 하루토는 얼마간 눈을 끔뻑이며 앉아 있었다.

좋았어, 이 건방진 꼬맹이를 논파했다. 리카가 승리의 포즈를 취하려는 순간이었다.

"그런 식으로 사고를 정지하는 순간, 인간은 쇠퇴하기 시작한다. 학원 선생님이 이렇게 말씀하시던데 말이야."

하루토는 히히히 웃었다.

마법사는 다리 사이에 끼어든 회색 고양이를 무릎에 올려 조용히 턱 밑을 쓰다듬고 있었다.

어떻게 하면 이 꼬마를 입 다물게 만들 수 있을까? 리카가 궁리하는 동안에 메이가 먼저 입을 열었다.

"인간의 쇠퇴는 어쩌면 자신에게 소중한 것을 포기하는 데서 시작하는 게 아닐까?"

"뭐라고?"

하루토가 메이를 쳐다봤다.

"추억을 무턱대로 버려버리는 건 어떤가 몰라."

"여기서 그런 말을 하다니, 마법사의 영업 방해밖에 안 돼. 냉큼 집으로 돌아가지 그래."

하루토가 날름 혀를 내밀었다. 하지만.

"나는 별로 상관없어. 시간이 남아 돌아서 전당포를 하는 것뿐이거든. 무슨 일이 있어도 반드시 추억을 가져야 하는 것도 아니고."

마법사의 말에 하루토는 뾰로통해져 빈정댔다.

"아아, 그렇습니까."

메이가 말을 이었다.

"리카가 가르쳐줬어. 추억의 소중함을. 자신의 추억은 다른 누구도 아닌 자기만의 것. 타인에게는 넘길 수 없어. 하루토 군도 이제 슬슬 이런 생각을 할 때가 되지 않았나?"

하루토는 숨을 후우 내쉬고서 반격을 개시했다.

"그럼 헌혈은 어때?"

"헌혈?"

"자기 피를 남한테 주는 거잖아. 그건 훌륭한 행동이지? 그럼 추억을 누군가에게 넘기는 것도 아주 좋은 일……까지는 아닐지 몰라도 나쁜 일은 아니잖아? 애당초 자기 건 자기 좋을 대로 해도 돼. 아줌마들한테 트집 잡힐 이유 없다고 생각합니다만."

메이는 더 이상 '아줌마'라는 말에는 상관하지 않고 조용히 대답했다.

"피랑 추억은 달라."

"어떻게 다른지 설명해 보시죠."

"반대의 경우를 생각해 봐. 수술 같은 걸 할 때 수혈, 그러니까 남의 피를 받아서 목숨을 건지는 일이 있지. 이때 피는 자기 핏속에 스며들어 가. 하지만 만약 타인의 추억을 자기 머릿속에 넣어버리면 추억이 하나든 둘이든, 아무리 사소한 것이라도 더 이상 '자기 자신'이 아니게 돼 버려."

"그런가? 나는 마법사가 그런 사업도 시작해 준다면 기쁘겠는걸. 그러면 형 머릿속을 그대로 나한테 이식할 거야. 그렇게 할 수 있으면 더 이상 중학교 입학시험 같은 거 보지 않아도 되고."

"중학교 입학시험?"

리카는 눈을 동그랗게 떴다.

"도쿄 같은 데는 엄청나다고 들었지만, 이런 시골은 상관없잖아?"

"정말이지, 아줌마들은 세상이 어떻게 돌아가는지 전혀 모르는군. 내년에 도쿄에 있는 대학의 부속 중고등학교가 가네하라시에 생긴다고. 거기에 들어가면 어지간히 성적이 떨어지지 않는 이상 대학까지 갈 수 있어. 게다가 우리 학년이 맨 처음이라 선배가 없어서 편할 거라고."

"하긴, 하루토는 선배가 있으면 건방지다고 찍힐 거야."

"시끄러워."

"그래서 그 학교, 하루토 네가 가고 싶은 거야?"

"내가 그런 생각을 할 리가 없잖아. 형이 제1지망 고등학교에 가려고 수험 공부를 엄청 힘들게 하는 걸 보고 엄마가 생각해 낸 거야. 하루토는 처음부터 대학까지 있는 중학교에 넣는다고."

"어머니를 싫어한다고 했지만 어머니의 기대에 답할 수 있도록 노력하고 있다니. 호오, 장한 구석이 있구나, 하루토 군."

그렇게 말한 리카는 하루토가 발끈해서 입 다무는 것을 보고 메이와 얼굴을 마주하며 함께 쿡쿡 웃었다. 아줌마 공격에 대한 사소한 역공 성공.

리카는 이번에는 녹색 팝콘을 입에 던져 넣었다. 멜론인 줄 알았는데 산뜻한 신맛이 나는 라임이었다.

"아, 왔다."

메이가 창을 가리켰다. 마법사가 대답했다.

"남자애들?"

고양이가 잽싸게 마법사의 무릎에서 내려와 안쪽 방으로 사라졌다.

리카는 일어서서 창가로 가 레이스 커튼을 열고 손을 흔들었다. 분명 그 모습을 봤는데도 유키나리와 하루야는 알은체하지 않았다. 둘은 가공의 축구공을 바다에 차 넣는 시늉을

했다가 갑자기 나른한 듯이 주머니에 손을 꽂아 넣고 어슬렁 어슬렁 걸어왔다.

리카는 질리지도 않고 손을 흔들었다. 자신을 못 본 척했어도 두 사람이 화가 난 것은 아니라는 것을 알기에.

리카는 얼핏 작년 초여름 즈음을 떠올렸다. 기껏 같은 학교에 입학하고 같은 반까지 됐는데 유키나리는 너무나 쌀쌀맞게 굴면서 같은 반 애들에게 커플 취급받는 것을 싫어했다. 그런데 옆 반 하루야가 끼고 또 메이가 합류하면서, 남들 눈에는 넷이 한 그룹으로 비치게 됐다. 그러자 유키나리는 갑자기 태도를 바꿔 리카를 대했고, 학교에서도 함께 점심시간을 보내줬다.

이제 하루야와 메이가 사귀기만 하면 완벽해진다. 그러면 넷이 함께 밖에서 더블데이트를 할 수 있다. 리카는 현관 부근까지 다가온 하루야를 본 다음 소파에서 이쪽을 보고 있는 메이를 돌아봤다. 둘 다 결코 나쁜 분위기는 아니다. 그저 메이는 여전히 리카 이외의 사람에게 벽을 만들고 있어, 하루야가 너무 가까이 다가갈 수 없는 것이다. 그래도 지난 1년 동안 넷이 함께 어울리면서 그 벽이 콘크리트에서 베니어판으로 바뀐 듯한 기분이 들었다.

"안녕하십니까."

두 사람이 들어오자 하루토는 머리를 숙였다. 호오, 우리는 아줌마라고 부르는 주제에 남자 상급생에게는 얌전하게 구는구나. 리카는 싱긋 웃으며 그 모습을 지켜볼 뿐이었지만, 메이는 자비를 베풀어서 서로를 소개했다.

"하루토 군은 처음 보지? 이쪽이 유키나리 군. 우리랑 같은 고등학교 2학년. 리카 남자 친구야. 이쪽은 하루야 군."

하루토는 소파에서 굳은 채 두 사람을 흘끔흘끔 올려다봤다. 메이가 말을 이었다.

"그러고 보니 하루토 군, 축구부지? 이 두 사람도 축구부야."

축구부라는 말에 하루토는 일어서서 꾸벅 인사했다.

"어."

유키나리는 퉁명스럽게 인사를 받고 잠깐 하루토와 눈을 맞춘 뒤 녹색 팝콘을 입에 던져 넣었다. 그리고 메이 옆에 앉았다.

"와, 멜론인 줄 알았는데 이거, 라임이야? 시네."

"나도 그런 생각했는데."

유키나리가 자기 옆에 앉아줬으면 했지만 그런 불만이 얼굴에 나와버리기 전에 리카는 아하하 하고 소리 높여 웃었다.

오전 10시부터 오후 3시까지 학원에 갇혀서 모의고사를 치렀다. 모처럼의 여름 방학을 이렇게 보내도 되는 걸까? 하루토는 받아 든 답안지를 일부러 보지 않고 그대로 가방에 넣었다. 보면 여기도 틀렸어, 저기도 틀렸어 하고 맥이 탁 풀릴 것 같은 예감이 들었다.

어머니 미쓰코에게는 오늘 시험을 본다는 말을 하지 않았다. 그러니 엄마는 여느 때처럼 저녁 6시까지 수업이 있다고 생각할 것이다. 그래서 하루토는 학원을 나와 역 뒤쪽 패스트푸드점 웨일즈로 향했다. 역 앞 상점가로 가면 장을 보러 나온 미쓰코와 맞닥뜨릴 가능성이 있지만, 반대쪽은 일단 안심이다. 게다가 웨일즈는 초등학생도 꽤 많이 이용해서 어린애가 혼자 있어도 이상하게 여기는 일은 없다.

역 남북 통로를 가로지르면 빠르겠지만, 만약을 위해 하루토는 버스터미널에서 가로수 길을 지나 뒤쪽으로 멀리 돌아갔다. 아버지 미쓰루는 구지라사키역 역무원이다. 사무원이기 때문에 안쪽 사무실에 있을 테지만 이따금 구내를 어슬렁거리도 한다.

역 뒤쪽은 웨일즈 말고도 편의점이 하나, 문방구가 하나, 그리고 최근 생긴 카페가 하나 있었다. 도쿄의 대형 카페에서 실력을 쌓았다는 서른다섯 살 여성이 고향에 돌아와 문을 연 가게로, 그린카레 플레이트니, 참치와 아보카도 덮밥이니 지금까지 구지라사키에서 본 적 없는 메뉴가 바깥 알림판에 적혀 있었다.

얼마 안 가 망하겠군. 하루토는 가게 간판을 보며 생각했다. 저녁 무렵, 안쪽을 들여다봤을 때도 손님이 있었던 적이 없다. 저녁 7시 지날 즈음부터 귀갓길 남녀로 그럭저럭 북적인다는 것을 초등학생인 하루토가 알 리 없었다.

이 가게의 옆의 옆이 웨일즈다. 가게 앞을 재빠르게 지나려던 하루토는 발걸음을 멈추었다.

저건……. 카페 뒷문 앞에서 남녀가 이야기를 나누고 있었다. 여자 쪽은 검은 앞치마를 두르고 있으니 점원인 듯한데, 추억 전당포에서 자주 보는 메이와 닮았다. 단 머리칼을 질끈 위로 묶고 있어서 조금 더 어른스러워 보였다. 그리고 남자는 마찬가지로 전당포에서 요전에 처음 만난 축구부 고등학생이었다. 유키나리. 리카의 남자 친구라고 소개받은 사람……. 하루토는 전신주 뒤에서 살짝 몸을 내밀었다. 뒷문은 카페 건물 오른쪽 안에 있고 나무가 몇 그루나 서 있기도 해서 두 사람은 누가 지켜보는지 어떤지는 전혀 걱정하지 않는 듯했다.

역시 메이다. 하루토가 확신했을 때 그녀는 카페 문에 손을 올렸다. 뒷걸음치려는 듯이 보이지만, 공간이 없다. 유키나리가 반걸음 앞으로 나아가 문에 양손을 댔다. 메이는 그 손 사이에 끼인 듯 선 채 꼼짝도 못 했다.

"키스할까?"

하루토는 몸을 더욱 내밀었다.

"어째서?"

메이의 가냘픈 목소리가 들려왔다.

"리카 몰래 이런 말을 하다니 너무해."

"나는 내 마음에 정직할 뿐이야."

눈을 맞추려고 하지 않는 메이를 향해 한숨을 내쉬고 유키나리는 손을 뗐다. 메이는 재빨리 문손잡이를 잡고 열려고 했다. 유키나리가 문을 다시 밀었다.

"가게 안으로 도망칠 생각이라면 주방에서 이야기를 계속해도 좋아. 점장이 있어도 나는 상관없고."

메이는 힘없이 양손을 툭 떨어뜨리고 고개를 떨구었다.

"유키나리 군, 좀 이상해."

"뭐가?"

"넷이서 줄곧 사이좋게 잘 지내왔잖아. 친구는 리카밖에 없다고 생각하다가 이 그룹에 끼워준 덕분에 유키나리 군이랑 하루야 군, 둘이나 친구가 생겨서 기뻤는데."

"그래, 우리는 언제나 넷이서 함께였잖아. 지난 1년."

"응."

"그게 무슨 뜻인지 알아?"

"무슨 소리야?"

"나는 리카랑 단둘이 있고 싶지 않았다는 뜻이야."

"말도 안 돼."

"내 안에서는 벌써 옛날에 끝났어."

"그런 말 마! 리카가 불쌍해."

"하지만 아마 리카도 알아차리지 않았을까?"

"뭘?"

"내가 점점 멀어져가고 있다는 걸."

"너무해."

그렇게 말하면서 메이는 양 볼을 눌렀다.

"어지러워."

"괜찮아?"

이마에 손바닥을 대서 열을 재려는 유키나리를 그녀는 재빨리 뿌리쳤다.

"멀어져간 건 나 때문이라고, 그렇게 말하고 싶은 거야?"

"그래."

"그렇지만 전에 들었던 거 같은데? 중학교 2학년 때 유키나리 군이 고백했다고. 유키나리 군이 먼저 리카를 좋아한 거 아니었어?"

"그때 주변에 있던 사람 중에서는 리카가 제일 괜찮다고 생각했어."

"그런데?"

"중학교 3학년이 되니까 어쩌면 이쪽이 더 좋았을지도 몰라 하는 녀석이 나타났어."

"뭐라고?"

"고등학교에 들어오니까 더 등급이 높은 애가 생겼고."

"연애에 등급이라는 말을 쓰다니……."

"어쩔 수 없잖아. 다들 그렇게 생각하지 않나? 우리 반에도 확 사귀었다가 갑자기 헤어지는 애들, 있잖아. 그러는 쪽이 오히려 정직하다고 생각해."

"나는…… 그런 거 싫어."

"리카도 그래. 나도 그걸 아니까, 나도 냉혈한이 아니니까 지금까지 관계를 질질 끌어온 거야. 하지만 요즘 들어 이건 나답지 않다는 생각을 하기 시작했어. 이제 곧 생일이고."

"생일이 뭐?"

"정말 좋아하는 애랑 함께 보내는 편이 좋다고, 보통 그렇게 생각하잖아."

"하지만 또 바뀔 거잖아. 여기를 졸업하고 대학이나 회사 같은 다른 곳에 가서 더 등급 높은 사람이 나타나면 그쪽으로 갈 거지?"

"부정은 하지 않겠어."

"형편없구나."

"하지만 메이 너는 이 학교에서 제일 미인이고, 넷이서 만나고 나서 알았는데 성격도 제일 좋고, 그러니까 너 이상의 애를 만날 수 없을지도 모르고."

"만날지도 모르고."

"그렇다면 더더욱 지금을 소중히 여겨 사귀어두고 싶어."

유키나리는 다시금 메이의 양 어깨를 가두듯 문에 양손을 댔다. 메이는 주저앉아 도망치려 했지만 유키나리는 양손을 아래로 미끄러뜨려 뒤쫓듯이 주저앉았다. 메이가 도망칠 구석은 없어졌다.

"너는 자기 기분밖에 생각 안 해."

"다른 사람 기분을 이해할 수 있다고 말하는 녀석이 거짓말쟁이 같지 않아?"

유키나리가 메이 쪽으로 얼굴을 갖다 댔다. 이번에야말로 키스해 버리려나? 하루토는 자기도 쭈그려 앉아 같은 높이에서 보려고 했다.

두 사람에게 완전히 정신이 팔려서 하루토는 자기 등 뒤에서 또 한 사람이 몸을 내밀고 보고 있다는 사실은 전혀 알아차리지 못했다.

"지금까지 너를 친구라고 생각했어."

"그런데?"

"하지만 오늘부터 싫어졌어."

그 말을 듣자 유키나리는 하하하 웃으며 손을 뗐다.

"농담이야."

"뭐라고?"

"아무리 내가 나답게 살고 싶다고 해도 말이야, 학교에서 여자 친구를 버리고 그 여자 친구의 단짝한테 달려가면 모두 나를 적대시할 거야. 그럼 남은 학창생활이 귀찮아지겠지."

안심한 얼굴로 메이는 고개를 끄덕였다.

"그러니까 이 이야기는 졸업 때까지 간직해 둘게."

"뭐라고?"

"지금 상태를 유지하는 거야. 리카랑 사귀면서 너와 하루야와 넷이 지금처럼. 그리고 졸업하면 어차피 다들 뿔뿔이 흩어질 거야. 흩어지면 리카와도 관계가 계속 이어지지는 않을 테니까 자연 소멸. 누구도 상처받지 않아. 만약 그때까지 내가 너를 좋아하고 있다면 다시 한번 이야기하러 올게."

"안 와도 돼."

"어쩌면 마음 깊은 곳에서는 리카도 그걸 바라는지 몰라."

"뭐라고? 리카가 왜?"

"항상 말하잖아. 메이는 자기한테만 진심을 말해주고 다른 사람들에게는 벽을 쌓는다고. 그 벽을 허물어줄 사람이 나타나면 좋겠다고. 내가 그 벽을 허물면 리카의 소원을 이뤄주는 거잖아."

"나는……."

"잘난 척 마. 내가 앞으로 1년 반 이상, 널 계속 좋아한다는 보장은 없으니까."

"네가 어떻든 관계없어. 나는 네가 좋아지지 않을 거야. 그 누구도 좋아지지 않아."

"누구도 좋아하지 않는다면 그때까지 남자 친구 만들지 마."

유키나리가 얼굴을 더 가까이 가져갔다. 메이가 눈을 크게 뜨고 노려본다. 두 사람의 시선이 만난다. 찰칵. 뒤에서 작은 소리가 들린 듯한 기분이 들어 하루토는 돌아봤다. 메이 또래인 듯한 '아줌마'가 휴대전화를 오른손에 든 채 총총 걸어가는 참이었다. 처음 보는 사람이다. 키가 유독 크다.

"리카한테는 말 안 해. 네가 이런 사람이었다는 거."

큰 소리가 나, 하루토는 다시금 카페 뒷문에 있는 두 사람에게로 주의를 돌렸다.

"여긴 두 번 다시 오지 마."

메이가 일어섰다. 마침 그때 문이 열리며 그녀 등에 탁 하고 부딪쳤다.

"아, 여기 있었구나. 뭐 해, 시라토?"

카페 주인인 듯한 여성이 메이의 머리를 콩 때리는 시늉을 했다.

"죄송합니다. 잠깐 쉬고 있었어요."

"잠깐? 꽤 오래 쉬었다고."

그렇게 지적당한 메이는 조금 전까지 한 번도 보이지 않았던 미소를 점장에게 지으면서 안으로 들어갔다. 유키나리 쪽을 돌아보는 일은 없었다. 문이 쾅 닫혔다.

유키나리가 걷기 시작하면 들켜버릴 것이다. 그것을 깨닫고 하루토는 허둥지둥 달려가 웨일즈 안으로 뛰어들었다. 입구 쪽 2인석 테이블에 아까 뒤에 있던 '아줌마'가 앉아 있었다. 하루토와 눈이 맞자 그녀는 공범자에게 히죽 웃음을 보냈다. 무슨 영문인지 잘 모르지만, 하루토도 히죽 웃어봤다.

드디어 쉬는 시간이 됐다. 선생님이 교단을 내려오기도 전에 리카는 복도로 나갔다. 50분 학교 수업도 긴데 학원은 75분이나 된다. 언젠가는 익숙해질까? 적어도 메이나 유키나리와 한 반이라면 같이 투덜거리기라도 할 텐데. 두 사람은 부모님 뜻에 따라 아직 학원을 다니지 않는다.

아래층에서는 하루야가 수업을 받고 있겠지? 얼굴이나 보러 갈까? 리카는 무심코 계단을 내려가다가 뒤에서 누가 말을 거는 소리에 고개를 돌렸다.

"야, 야, 무시하지 마."

"어? 무슨 일이야?"

"그러니까 엄청 중요한 이야기가 있어."

사라였다. 사라라는 이름을 떠올리는 것조차 몇 초 걸릴 정도로 기억에서 지워진 아이였다. 서로 상관한 것은 메이를 감쌌을 때가 처음이자 마지막이다. 그 뒤로 저쪽에서도 피했고, 서로 이야기할 기회도 없었다. 그래서 보스 격인 안나의 이름은 겨우 기억하고 있었지만, 사라는 리카의 기억에서 지워진 상태였다.

그런데 그런 거리 따위 없었던 것처럼 사라는 묘하게 친하게 굴었다. 어쩐지 이상해. 도망치고 싶은 한편 이 기묘함의 정체를 확인하고 싶기도 했다. 신문부를 그만두고 몇 년이나 지났는데 아직까지 나한테 기자 혼 같은 게 남아 있나. 일순 그런 생각을 하고 리카는 미소를 지었다.

그 표정을 보고 사라는 리카가 경계를 풀었다고 생각한 모양이었다. 친근하게 귓속말을 했다.

"우리가 잠자코 있어주는 편이 너를 위한 길인지도 모른다는 이야기도 있었지만, 너만 아무것도 모르다니 어쩐지 불쌍하다고 결론이 나서."

"우리라니?"

"안나랑 교카랑 고하루."

"아무것도 모르다니, 뭘?"

"그건 말이야."

"뭐야? 빨리 말해."

"여기서는 말 못 해."

사라가 일부러 몸을 배배 꼬았다. 소금을 뿌리면 민달팽이처럼 녹아버릴까?

"왜냐하면 목격한 건 내가 아니라 안나거든."

"뭘 목격해?"

"역 뒤쪽에 있는 웨일즈 알아? 돌아가는 길에 거기서 차 마시자."

"상관없지만……."

"수업 끝나면 교실로 데리러 갈게."

"그래……."

마지막에 사라가 지은 의미심장한 미소가 신경 쓰였다. 무시하고 돌아가버리는 방법도 있다. 리카는 고민에 잠겼다. 하지만 뭘 목격했는지 듣지 않고 돌아가는 것은 아무래도 불가능했다.

"친구랑 같이 숙제하고 갈게요."

집에 문자를 보내고 리카는 사라와 웨일즈로 향했다. 오봉(8월 15일에 지내는 일본의 명절-옮긴이)이 가까워져 다들 집안일이 바쁜지, 가게에 손님이 별로 없어 손짓해 부르는 안나를 금방 알아봤다.

안나 외에도 교카와 고하루가 있었다. 그리고 사라. 리카는 넷에게 둘러싸여 자리에 앉았다. 다만 이상하게도 위압감은 없었다. 무엇보다 사라가 "불러내서 미안해. 내가 사과하는 뜻으로 계산할게"라면서 오렌지주스를 사준 것이다. 그것도 라지 사이즈.

그래서 리카도 바로 용건을 묻지 못하고 잠자코 주스를 마셨다.

사라가 안나에게 눈짓했다. 안나가 고개를 끄덕이고 나서 입을 열었다.

"있잖아, 나가사와. 전에 네가 메이를 감싸줄 때 말이야. 사실은 메이의 진짜 무서운 점을 말해주고 싶었어. 그런데 메이를 믿는 것 같아서 말하지 못했지. 하지만 일이 이렇게 돼버린 이상, 우리 주변 사람들은 다들 아는데 너만 모르는 것도 좋지 않다고 생각했어."

"무슨 뜻이야?"

빨리 전부 말해. 단숨에 말하라고. 만약 안나가 낚시에 쓰이는 가마우지라면 이제 막 입속에 넣은 생선을 단숨에 확 토해내게 하고 싶었다.

"우리는 한편이었다는 거. 똑같은 피해자라고."

"그러니까 무슨 소린지 모르겠다고."

리카의 목소리에서 초조함이 묻어났다. 이를 눈치채고 안나는 휴대전화를 꺼냈다.

"결론을 먼저 알고 싶다면 더 이상 말 같은 건 필요 없지."

"뭐라고?"

"이거 봐."

안나가 휴대전화를 떠넘겼다.

"뭐야?"

리카는 건네 받은 휴대전화를 코앞까지 바싹 들이댔다. 시력은 1.0인데, 뭔가 허깨비를 보고 있는 듯한 기분이 들었다.

"이게 뭐야……."

"여기 바로 옆에 있는 카페. 메이가 거기서 아르바이트하는 거 몰라?"

"아르바이트하는 건 알지만…… 가게에는 간 적 없어. 어른들 가는 곳이라 비싸다고 해서."

"그렇지도 않아. 그저 카페에서 파는 밥인걸. 메뉴 하나에 1200엔 정도부터 있고."

1200엔이면 충분히 비싸지 않나? 리카는 언뜻 생각했지만, 지금은 그런 논쟁을 벌일 때가 아니었다.

이 사진. 해상도는 좋지 않지만 단번에 알 수 있다. 벽에 기댄 듯한 메이와 몸을 내밀고 있는 유키나리. 그 거리, 20센티미터. 서로를 바라보며 마치 뮤직비디오처럼 둘만의 세계를 만들어내고 있다.

"뭘…… 하고 있는 거지?"

"유혹하고 있는 거래."

안나는 딱 잘라 말했다.

"유혹……?"

"그러니까 메이가 유키나리 군을, 네 남자 친구인 줄 알면서도 몰래 이렇게."

"어쩐지 유키 쪽이 적극적인 것처럼 보이는데."

말하고 싶지는 않았지만 공평을 기하고 싶어 리카는 간신히 지적했다.

"그게 걔 수법이라고! 너는 줄곧 속아온 거야."

안나가 리카의 손을 쥐었다.

"속아왔다고?"

귀찮기 짝이 없다며 손을 뿌리칠 마음도 들지 않아 나직하게 따라 말했다.

"떠올려보라고, 나가사와. 우리가 메이를 괴롭힌다면서 화를 냈지? 그렇지만 괴롭히는 게 아니었어! 정말 심한 일을 당했기 때문에 항의한 것뿐이었다고. 아무리 말해도 조금도 반성하는 기색 없이 오히려 자기가 괴롭힘당하고 있다, 이렇게 피해망상에 사로잡혀서 어떻게 할 도리가 없었어."

안나가 단숨에 말하고 크게 한숨을 내쉬자 교카가 불쑥 말했다.

"나, 정말 남자 친구 빼앗겼어. 학원에서."

"아니, 그렇지만. 메이 말로는 자기는 전혀 그런 생각 없었다고……."

단짝을 감싸주지 않으면 안 된다. 그 생각과 반대로 리카의 목소리는 점점 가늘어졌다.

"그게 걔 수법이야. 나는 아무 짓도 하지 않았는데 남자가 제멋대로 다가왔다. 이런 식으로 교활하게 말해. 있잖아, 네 입장으로 바꿔 생각하면 알 거야. 널 좋아할 것 같은 남자, 알잖아? 반대로 내가 전혀 안중에 없네, 이런 남자도 알지?"

"으응."

"메이는 그런 상대의 심리를 이용하는 능력이 뛰어나. 나는 네가 너무너무 좋아, 이런 광선을 남자한테 보낸다고. 그것도 친구의 남자 친구를 노려서. 아무것도 없으면 남자 친구가 낚일 리 없으니까. 그래놓고 문제가 생기면 남자가 제멋대로 접근해 왔다고 하다니 너무한 변명 아니니? 걔는 그런 식으로 지금까지 수많은 커플을 깨뜨려왔다고."

"어째서…… 그런 짓을."

"남자가 모두 자기를 보고 있어야 해. 그러지 않으면 직성이 풀리지 않는다고. 그래, 아이돌도 그렇잖아. 팬이 아무리 많아도 팬하고 사귀는 일은 없어. 걔는 자기가 아이돌인 줄 안다고."

아이돌인 줄 안다고. 평소의 메이와는 거리가 먼 말인 것 같은 느낌이 들었다. 하지만 만약 메이를 믿는다면 이 사진을 어떻게 설명해야 될까?

"그 사진, 내 휴대전화로 보내주지 않을래?"

"좋아. 번호를 교환하자."

안나는 고개를 크게 끄덕이고 곧장 사진을 보내줬다.

"어쩔 작정이야?"

사라가 호기심을 드러내며 물어왔다.

"메이한테 물어봐야지."

"걔는 모르는 일이라고 시치미 뚝 뗄걸. 아니면 유키나리 군에게 전부 떠넘기든지. 그보다는 유키나리 군을 네 편으로 만든 다음에 메이한테 같이 가는 편이 좋을지도 몰라."

"으응."

"무슨 일이 있으면 언제라도 전화해. 물론 문자도 상관없고. 이렇게 된 이상 우리는 끝까지 네 편이야. 이름을 편하게 불러도 될까?"

"으응."

안나의 목소리는 잘 들리지 않았다. 리카는 그저 기계적으로 고개를 끄덕이기만 했다.

✦ 좀 볼 수 있을까?

✦ 왜?

✦ 묻고 싶은 게 있어.

✦ 내일 하루야, 메이랑 다 함께 만나기로 했잖아. 그때 물어보면 안 돼?

✦ 둘이서 이야기하고 싶어.

✦ 귀찮아.

✦ 내가 그쪽으로 갈게.

✦ 네가 오면 부모님이 신경 써서 귀찮아.

✦ 그럼 전에 만났던 공원에서.

✦ 밤에 공원에서 무슨 일이 생겨도 책임지라고 하지 마. 완전 민폐야. 공원 앞 버스 정류장에서 기다릴게.

정말 얼굴에 '완전 민폐'라고 적혀 있다. 그런 꿍한 얼굴로 유키나리가 버스에서 내리는 리카를 맞았다. 학원에 뭘 두고 왔다며 집을 나온 이상, 여기 그리 오래 있을 수는 없다. 하지만 그런 시간 제약도, 유키나리를 만난 지금은 어찌 되든 상관없었다. 그보다 뭐라고 이야기를 꺼내지.

유키 군, 나 말고 좋아하는 사람 생겼어?

유키 군, 나, 지금도 좋아해?

유키 군을 믿어도 될까?

이렇게 말해도 저렇게 말해도 시끄럽다는 말이 돌아올 것 같다. 어쨌든 느닷없이 사진을 보여주는 것만은 해선 안 된다. 상대를 변명조차 할 수 없는 궁지로 몰아넣어서는 안 된다. 아니, 이런 생각을 한다는 것은 곧 상대를 전혀 신용하지 않는다는 의미다……. 이렇게 생각한 리카는 자포자기하는 심정이 됐다.

"이 사진, 설명해 봐."

유키나리는 귀찮다는 듯 휴대전화를 낚아채 화면을 들여다봤다. 크게 벌어진 눈은 이윽고 원래대로 돌아가고, 입술이 일그러졌다.

"누가 찍은 거야?"

"몰라. 내 휴대전화로 보내왔어."

그는 휴대전화를 마치 자기 것처럼 탁탁 눌렀다.

"뭐 해?"

"지웠어."

"뭐라고!"

"이런 거 신경 쓰지 마. 누가 장난친 거잖아. 합성해서."

그 목소리는 엉뚱하게도 밝았다. 그가 공원 안으로 들어갔다. 리카도 뒤를 쫓았다.

“찍은 사람이 문자도 보냈어.”

“뭐라고…… 말이야?”

“여기, 메이가 아르바이트하는 카페라고.”

1초, 2초, 3초. 침묵을 깬 유키나리는 리카 바로 앞에 섰다.

“너, 어느 쪽이 좋아?”

“뭐가?”

“따뜻한 픽션이랑 차가운 논픽션.”

“무슨 소리인지 잘 모르겠지만, 나는 사실을 알고 싶어.”

“사실을 알고 싶다……. 전직 신문부라 이거지.”

유키나리는 리카를 벤치에 앉히고 자기도 옆에 앉았다. 이야기가 길어질지도 모른다고 생각한 그녀는 몸을 굳혔다.

“중학교 때 말이야, 내가 수업에서 선생님 지명을 받았을 때 한 말, 기억해?”

“뭐?”

“우정에 대해서 말이야.”

“기억해.”

“그때 내가 말했지. 우정이라는 건 결과지, 결의가 아니라고. 몇 년이 지나도 계속된다면 좋겠지만, 오래 이어가려고 생각하면서 친구를 사귀는 건 이상하다고.”

"응."

"나는 연애도 마찬가지라고 생각해."

"뭐……?"

"너랑 우연히 5년, 10년 함께한다면 그건 그것대로 좋지만, '기필코 계속 사귈 거야' 하고 결의하고 만나는 건 아니라고 생각해."

"그건…… 난 잘 모르겠어."

"어쨌든 들어. 남자가 전부 그렇다고는 할 수 없지만, 적어도 나는 외모가 내 취향인 여자를 보면 마음이 끌려. 그건 스스로 어떻게 할 수 있는 일이 아니야. 너는 딱히 못생기지는 않았어. 하지만 너 자신도 알잖아. 미인 대회 같은 데 나올 싹수가 아니야. 결국 나는 고등학교에 들어와서 더 예쁜 애를 만났고 아무래도 그쪽에 흥미를 느껴."

리카의 머리는 맹렬한 속도로 휙휙 돌아가 터지기 직전이었다.

"메이를 말하는 거야?"

유키나리의 침묵이 긍정임을 확실하게 나타냈다. 리카는 그를 노려봤다.

"모른 체하지 않았어?"

"뭐라고?"

"메이가 괴롭힘당하는 거, 보고서도 못 본 척했잖아. 그래 놓고 미인이라서 끌렸다니, 무슨 소리를 하는 거야?"

"그건, 그때 말했잖아. 여자에게 괴롭힘당하는 여자는 성격이 나쁘겠지 하고 오해했어. 하지만 넷이서 놀다가 깨달았어. 메이는 아무 잘못도 없고, 그저 질투받은 것뿐이라는 걸."

"나 때문에 유키 군이 그걸 알게 됐다는 말이야? 내가 메이의 친구가 돼서 우리 그룹에 넣었기 때문에? 그래서 유키 군은 메이가 성격이 좋고 미인이고 이상적인 여자라는 걸 깨달았다는 뜻이야? 나 같은 거 버리고 메이를 여자 친구로 삼자. 이렇게 생각했다는 거야? 그걸 이 카페에서 고백한 거야?"

리카는 휴대전화 화면을 들이대려다가 데이터가 지워졌다는 것을 떠올렸다.

"너무해……, 유키 군."

"변명은 하지 않을게."

"왜 말을 바꿔?"

"말할 생각 없었어. 지금까지처럼 사귈 생각이었어. 그런데 네가 사실을 알고 싶다고 하니까."

"내 탓이라는 거야?"

전혀 재미있지 않은데, 리카는 아하하 하고 소리 높여 웃어 버렸다. 그리고 1초 뒤에 아직 중요한 질문이 남았다는 것을 깨닫고 진지한 얼굴로 돌아갔다.

"그래서…… 메이는?"

"딱히 나는 메이의 대답을 알고 싶었던 게 아니었어."

"뭐?"

"그냥 내 솔직한 기분을 전해두고 싶었을 뿐이야."

"메이는 거절한 거지?"

매달리는 듯한 심정으로 리카는 물었다.

"단짝의 남자 친구에게 그런 말을 들으면 보통은 일단 유보하잖아."

"유보……."

"여기까지 이야기한 김에 말하겠는데 메이는 나를 싫어하지 않아. 처음부터 그건 알고 있었어."

"뭐라고?"

"걔는 언제나 나를 보고 있었어. 나를 좋아하는 게 전해져 왔다고."

"말도 안……."

안나의 말이 떠올랐다. 그게 메이 수법이야.

"상대가 자기에게 전혀 흥미 없다는 걸 알고도 한 걸음 내딛는 녀석, 많지 않다고 생각해. 적어도 나는 그렇게까지 자학적이지 않아."

“메이는 너를 내 남자 친구라서 사양했다, 그런 뜻이야?”

“그럴지도.”

리카는 메이가 하루야에게 끌리는 기색이 전혀 없었다는 것을 떠올렸다. 더블데이트를 할 수 있으면 좋을 텐데 하고 종종 생각했지만, 그건 있을 수 없는 일이었던 것이다. 메이는 유키나리를 좋아하고 있었으니까.

넷이서 축구 시합을 보러 갈 때도, 영화를 보러 갈 때도, 하굣길에 편의점에서 어묵을 사서 나눠 먹을 때도, 넷이 함께해서 즐겁다고 생각했는데, 메이와 유키나리는 달랐던 것이다. 단둘이라면 좋을 텐데 하고 생각하고 있었다.

더 이상 앉아 있을 수가 없어서 리카는 옆에 있는 철봉 쪽으로 갔다. 탁 하고 힘껏 지면을 차서 거꾸로 매달렸다. 하지만 엉덩이는 철봉 높이를 넘지 못한 채 꼴사납게 실패로 끝났다. 옛날에는 할 수 있었던 일이 점점 어려워진다. 시간이 흐른다는 건 그런 걸까?

“메이를 만나기 전까지는 나를 사랑했어?”

이런 걸 물어서 어쩔 작정이야 하고 생각하면서도 묻지 않을 수 없었다.

“사랑했느냐고?”

유키나리가 쓴웃음을 지었다.

"사랑, 은 없었어."

"뭐라고?"

"언젠가 어른이 돼서 진정한 상대를 만나 평생에 단 한 번 '사랑해' 하고 말할지 모르지. '사랑해'라는 말을 부끄러워하지 않으면서 말할 수 있다면 진정한 사랑인지도 모르지."

"잠깐만. 그건."

싸움을 거는 건가? 리카는 유키나리의 얼굴을 눈도 깜짝하지 않고 계속 바라봤지만, 그는 평소의 초연한 표정으로 2차 함수 문제를 풀어달라는 부탁을 받았을 때와 같은 태도로 극히 당연한 것처럼 이야기하고 있었다.

"그건, 나를, 진정한 상대라고 생각한 적이 한 번도 없었다는 거야? 그럼 무슨 생각으로 사귀었어? 언젠가 헤어질 거라고 생각했어?"

리카의 험악한 표정과는 대조적으로 유키나리는 오히려 희미하게 웃어 보였다.

"그럼 반대로 묻겠는데, 너는 나를 사랑해? 진정한 상대라고 생각해?"

"그거야…… 물론……."

어째서 말문이 막히는 거지. 자기 의견을 당당하게 말하는 유키나리를 존경했다. 좀 삐딱하게 구는 부분을 멋있다고 생각했다. 하지만 '존경'이라는 단어를 굳이 사전에서 찾지 않아도 그 의미가 '사랑'이 아니라는 것 정도는 안다.

"나는 한 번도 네가 그런 식으로 생각한다고 느낀 적 없어."

"뭐?"

"사실은 너도 나한테 '좋아해'라고 말한 적조차 없잖아."

"말도 안 돼."

"그럼 언제 어디서 말했는지 생각해 낼 수 있어? 나는 생각 안 나."

리카의 머리는 지난 3년간을 빙글빙글 뛰어다녔다. 말문이 막힌 그녀를 보고 유키나리는 쓴웃음을 지었다.

"친구랑 5년, 10년 지나도 친구로 지내고 싶지? 그러니까 나하고도 오래오래 계속 사귀지 않으면 안 된다는 의무감 같은 게 있었던 거 아니야? 관계가 끝나면 지는 거라면서."

"의무감이라니……."

"그럼 내 어디가 좋은지 말할 수 있어?"

"그건……, 그런 말투로 물어보는데 좋아하는 점 같은 거 말할 수 없어……."

고개를 수그린 리카를 보고 유키나리의 목소리가 부드러워졌다.

"나한테 부담 느끼지 않아도 별 상관없어. 서로 장래를 위해 연습했다고 치자."

"장래를 위해 연습……."

"너도 언젠가 진정으로 소중한 누군가를 만나면 좋겠다고 생각하지. 그건 결코 내가 아니잖아?"

철봉 옆 수풀에 낡은 피구공이 굴러다니고 있었다. 일어선 유키나리는 그것을 차기 시작했다. 발끝을 써서 작게 공을 튕겼다.

"나는 그런……."

유키나리의 공을 빼앗아 멀리 힘껏 차버리면 얼마나 좋을까? 공원 입구에서 보라색 운동복을 입은 중년 남자가 들어와 조깅하다가 이쪽을 보고 휘익 휘파람을 불더니 멀어져갔다. 그에게는 대체 어떤 상황으로 보였을까?

"기요카와고등학교에 안 들어갔다면 좋았을 텐데. 메이랑 만나지 않았으면 좋았을 텐데……."

얼마나 여기에 서 있었을까? 발바닥이 저릿저릿한 것을 깨닫고 리카는 그네까지 가 앉았다. 발을 구를 기분이 들지 않아 발을 땅에 댄 채 살랑살랑 그네를 흔들었다.

유키나리가 공을 튕기면서 조금씩 다가왔다. 옆에까지 와서 3분이 지나고 5분이 지나도, 그는 입을 열지 않았다. 통통하고 공 차는 소리만이 리드미컬하게 이어졌다.

내가 무슨 말을 하기를 기다리는 거구나. 그것을 깨닫고 결국 리카는 입을 열었다.

"작별 인사, 를 하는 수밖에 없구나."

"진심이야? 나는 지금 당장 메이랑 어떻게 할 생각 없어. 지금까지처럼 지내도 좋아."

"그렇지만 무리야. 좋아하지 않는다는 말을 듣고 계속 사귈 사람, 전국을 찾아도 없을걸."

"그런가? 커플 대부분이 그리 좋아하지 않으면서도 계속 사귀고 있다고 생각하는데."

"나는 싫어."

"마음속 생각을 입 밖으로 낸 것뿐, 어제랑 아무것도 변하지 않았는데."

더 이상 이야기해도 소용없다는 것을 깨달았다. 리카는 달리기 시작했다. 멀리서 엔진 소리가 크게 들려왔기 때문이다. 분명 버스다. 빨리 타야지. 한편으로는 뒤쪽에서 나는 기척에도 귀를 세우고 있었다. 하지만 쫓아오는 발소리는 없었다.

리카는 아무도 모르게 한숨을 내쉬었지만 다른 사람에게

들릴 염려는 없었다.

밤하늘에서 빨간색과 녹색 모란이 터지고 1초 뒤에 탕 하고 들린 강력한 소리에 몸이 떨렸다. 이어서 국화가 연거푸 날아올라 유키나리와 하루야가 동시에 "오오" 하고 환성을 올렸다.

사흘 전, 작별 인사를 했을 때는 구지라사키 불꽃놀이 대회를 완전히 잊고 있었다. 예산이 없는 마을이지만 이 이벤트에는 특별히 신경을 써서 폭죽이 4500발이나 솟아오른다. 이 일대 해안선에서 가장 흥청거리는 대회다.

두 사람이 헤어지면 넷이서 오자는 약속은 당연히 깨질 터였다. 그런데 유키나리가 헤어졌다는 사실을 아무에게도 말하지 않았는지, 어젯밤 몇 시에 어디서 만날까 하고 네 사람 사이에서 문자가 어지럽게 날아다녔다. 리카는 안 가겠다는 답장을 보낼 타이밍을 놓쳤다.

"큰일 났다. 유카타가 벌어질 것 같아."

가슴팍을 누르며 메이가 리카에게 소곤거렸다. 지금까지였다면 "꺄아, 큰일이다. 화장실에 가서 다시 묶자" 하고 같이 달려갔겠지만, 리카는 "응"이라고도 "흥"이라고도 할 수 없는 대꾸를 했을 뿐이었다.

"어디서 옷매무새 좀 다시 고치고 올게."

메이는 일어서서 걷기 시작했다. 핑크색 나팔꽃을 여기저기 흩어놓은 화사한 유카타. 돌돌 틀어 올린 머리칼과 가냘픈 목덜미. 이렇게 보니 하나부터 열까지 남자의 시선을 노린 듯한 느낌이 들었다. 유카타가 풀어진 것도 계산된 게 아닐까?

"메이는 어디 갔어?"

돌아본 하루야가 묻는다.

"응, 옷 모양이 마음에 좀 안 든다고 매만지고 온대."

"혼자 돌아다니면 술주정뱅이들한테 휘말릴지도 모르는데."

하루야가 걱정스럽다는 듯 일어나 "저쪽이야?" 하고 노점이 늘어선 한쪽을 손가락으로 가리키며 걷기 시작했다.

넷이서 사이좋게 함께 있다고 생각한 것은 착각이고, 유키나리도 하루야도 메이만 보고 있었나 생각하니 구역질이 났다. 토한다 하더라도, 오늘 아침부터 먹은 것이라곤 아까 억지로 흘려 넘긴 녹차 맛 빙수밖에 없지만.

하루야가 자리를 뜨자 리카는 유키나리와 단둘이 됐다.

"헤어졌다고 말하고 싶으면 네가 모두한테 말해."

유키나리는 잇달아 펑펑펑 날아오르는 폭죽을 올려다보며 나직이 말했다.

"내가 스스로 악당이 되면 성가셔질 거야. 여기저기서 쑥덕거리고 재미있어 하고. 요전에 헤어진 아미카랑 히로토 때 그랬잖아."

역시 너랑 헤어지고 싶지 않아. 이런 달콤한 말은 돌아오지 않았다. 그때 갑자기, 아까 불꽃이 밤하늘에 펑 하고 터졌듯이 리카의 머리에서 아이디어가 떠올랐다.

"됐어. 나도 지금 이대로도 별 상관없어."

갑자기 목소리가 씩씩하게 나왔다.

"뭐라고?"

유키나리가 밤하늘에서 눈을 떼고 오늘 처음으로 리카의 얼굴을 똑바로 봤다.

"추억을, 지울 테니까."

"지워?"

"그래. 너랑 이야기 나눈 것도, 둘이서 도시락 먹은 것도, 도넛 먹은 것도, 추억을 몽땅 맡길래."

"그건……."

불꽃이 커다란 원을 그리며 유키나리의 얼굴을 환하게 비추었다. 그 표정은 험악했다.

"전부 잊겠다는 거야? 나에 대한 건 뭐든?"

"내 마음이잖아? 싹 잊으면 이상한 사람 취급을 받을 테니까 넷이서의 추억은 몇 개 남겨둘게. 그러면 우리는 계속해서 마음이 맞는 친구로 지낼 수 있잖아. 연인이 아니고 처음부터 친구. 그렇게 하면 어떻게든 넘길 수 있어."

"목말라. 사이다 사 올게."

뜬금없는 대답을 남기고 유키나리는 걸어갔다. 수중 불꽃놀이가 시작됐다. 물 위에 반원이 퍼지면서 검은 수면을 붉게 물들여갔다.

마법사도 이것을 보고 있을까?

지금, 어쩐지 누구보다도 그녀를 만나고 싶었다.

"실망했어요? 결국 너도 어쩔 수 없구나 하고 질렸어요?"

리카가 물으니 마법사는 희미하게 미소 지었다.

"그렇지 않아."

"그래요?"

"그냥 재미있다고 생각했어."

"재미있어요?"

"인간이란 이상해. 자기 마음이니까 자기가 좋아하는 대로 컨트롤하면 될 텐데, 반대로 휘둘리고 고민하는 것처럼 보여."

"이런 순간까지 재미있어하지 말라고요……."

다람쥐가 리카 옆에까지 와서 꼬리를 파닥파닥 불만스럽게 펄럭였다. 아까부터 리카가 쿠키에도 아이스크림에도 전혀 입을 대지 않아 화가 난 모양이었다.

리카는 어쩔 수 없이 쿠키를 하나 입에 넣었다.

"어쩐지 학원에 갈 힘도 없어졌어요. 열심히 공부해야 하는데. 어디 멀리 떨어진 좋은 대학에 붙어서 이 거리를 떠나고 싶다고요. 유키나리도 메이도 없는 데로."

"그래."

"대학에 떨어지면 재수를 하면서 여기서 계속 살아야 할지도 몰라요."

"그러니?"

"어느 쪽이든 졸업까지 앞으로 1년 반 남았잖아요. 그때까지 이런 괴상한 인간관계를 이어간다면 머리가 이상해져버릴 거예요."

"그건 곤란하지."

"그런데 추억을 맡기면 싫은 일은 잊을 수 있고, 그 세 명하고도 사이좋게 지낼 수 있어요. 모두가 행복해질 거예요."

"그럴지도 모르지만, 전에 메이 짱이 똑같은 일을 하려고 했을 때는 반대했잖아."

마법사의 말투는 책망하는 기색 하나 없이 온화했지만, 리카는 아픈 데를 찔린 기분이 들어 얼굴을 찌푸렸다.

"나는 상황이 다른걸요. 남자 친구한테 배신당했다고요. 그뿐이 아니에요. 단짝한테도."

"배신당했어?"

"그러니까 아까 이야기했잖아요. 안 들었어요?"

"들었어. 아주 똑똑하게."

"그러면 알잖아요. 유키 군은 메이를 좋아해요. 메이도 속으로는 유키 군을 좋아해요. 나는 바보 같아요."

"좋아한다든가 싫어한다든가, 그런 감정을 모르는 나는 상황이 이해가 안 되는구나. 그러니까 네가 그렇게 말한다면 딱히 부정은 하지 않겠어. 하지만."

"하지만?"

언제나 "그러니", "그렇구나" 하고 이야기를 들어준 마법사가 반론하다니. 이런 데 오지 말아야 했다. 리카는 더 이상 음료수에는 손을 대지 않겠다고 마음먹었다. 정말은 목이 살짝 말라오고 있었지만.

"배신당했다는 건 감정이 아니라 사실이잖아? 그런데 두 사람에게 배신당했는지 어떤지 너는 확인하지 않았어."

"그건…… 메이는 배신하지 않았을지도 모른다, 이런 뜻이에요?"

마법사는 아무 말도 하지 않았다. 대신 아이스티가 담긴 유리컵 바깥쪽에 물방울이 잔뜩 맺힌 것을 보고 집게손가락을 뻗었다. 물방울은 아주 작은 거품처럼 두둥실 떠올랐다. 이윽고 구슬로 만들어진 송충이처럼, 서로 붙어 둥실둥실 떠 간다. 다람쥐가 물방울을 붙잡으려고 껑충 뛰면서 논다.

리카는 얼굴 옆까지 날아온 은색 송충이를 후우 하고 불어 날려버렸다.

"하지만 영원히 판명되지 않을 거예요. 그렇잖아요, 만약 내가 설명해 달라고 해도, 유키 군을 어떻게 생각하는지 말해달라고 부탁해도, 메이가 사실을 말하고 있는지 아닌지 판단할 수 없는걸요. 마법사도 사람의 마음속까지 정확하게 알 방법은 없죠? 있다면 가르쳐줘요, 정답을."

마법사는 또 집게손가락을 유리컵에 가까이 가져갔다. 얼음이 반짝반짝 빛을 내기 시작했다.

"놀고만 있지 말고 대답해 줘요!"

마법사는 집게손가락을 거두고 얼굴을 들었다.

"정답을 갖고 있어, 나는."

"네? 무슨 소리예요?"

몸을 앞으로 확 내밀다가 왼손이 컵을 쳐서 콰당 쓰러뜨렸다. 하지만 얼음도 아이스티도 쏟아지지 않았다. 마법사가 아무 일 없었다는 듯 유리컵을 원래대로 되돌렸다. 다른 때 같으면 "역시 마법은 대단하네요!" 하고 손뼉을 쳤을 상황이지만, 리카는 흘깃 보기만 하고 다시 한번 말했다.

"무슨 소리냐고요."

"요전에 하루토 군이 왔었어."

"하루토? 하루토 군이 어쨌는데요?"

"추억을 맡기러 왔지."

"그런데요?"

"'저, 엄청 재미있는 걸 봐버렸어요. 마법사님도 아마 재미있어할 거예요. 어른은 인간관계가 복잡하네요!' 그러더라고. 하루토 군이 맡긴 건 카페 뒷문 광경."

"네에?"

"네가 말한 두 사람이 이야기를 나누고 있었어."

"그, 그거, 혹시! 나는 학원에서 아는 애가 그 사진을 보여줬거든요. 틀림없이 그때의 추억일 거예요. 하루토 군이 그 추억을 맡긴 거예요?"

"응."

"그래서 두 사람이 나눈 이야기를 듣고 메이는 나쁘지 않다고 생각했다는 거예요?"

"뭐가 좋고 뭐가 나쁜지 나는 몰라."

짜증이 배가돼 리카는 거친 목소리가 나왔다.

“그러니까 배신하지 않았다고 생각했냐고요?”

마법사는 대답하지 않는다.

“다시 말해 유키 군이 짝사랑하는 거고, 메이는 정말 대수롭게 생각하지도 않고 그럴 생각도 없었다는 거예요?”

또다시 침묵이 흘렀다. 리카는 흠흠 헛기침했다.

“있잖아요, 마법사님.”

“응?”

“이런 서비스는 하지 않을지도 모르지만, 돈을 낼 테니까 그거…… 보여주면 안 돼요? 하루토 군의 추억.”

“보고 싶어?”

“보고 싶어요. 엄청 많이. 그렇잖아요. 그 추억은 그 누구의 상상도 아니에요. 당사자가 창작했을지도 모르는 변명도 아니에요. 하루토 군이 본 완전한 사실이잖아요? 그 추억을 나눠준다면 전부 납득할 수 있어요. 말끔하게. 만약 메이가 나쁘지 않다면 나는 단짝을 잃지 않아도 돼요. 그럼 여기에도 또 둘이서 올 수 있고요. 네?”

마법사가 일어나 난로 위에 늘어선 파일 중 가장 오른쪽 것을 꺼냈다. 그리고 그대로 난로 앞에서 움직이지 않았다. 마법사의 행동을 초조하게 바라보던 리카는 일어서서 마법사에게 다가갔다.

"그 파일은 마법사만 볼 수 있나요? 아니죠? 인간에게도 보이는 거죠?"

"볼 수는 있어."

"다행이다."

"그렇지만 괜찮겠어? 정말?"

"뭐가요?"

마법사는 내키지 않는다는 표정으로 리카를 바라봤다. 눈동자가 롱 드레스와 같은 라벤더색으로 물들어 있었다.

"파일을 봐버리면 너는 더 이상 인간으로 남을 수 없어."

"무, 무슨 말이에요?"

마치 지네가 등을 기어간 것처럼 오싹했다. 리카는 반걸음 뒷걸음쳤다.

"딱히 그렇게 엄청난 일이 아니라."

마법사가 쓴웃음을 지었다.

"인간에서, 나 같은 마법사로 변신한다는 말이 아니야. 그저 인간이 결코 볼 수 없는 걸 봐버리는 거지. 자기 능력을 뛰어넘어버린다고. 그렇게 일을 해결하면 너는 더 이상 예전으로 돌아갈 수 없지 않을까?"

"돌아갈 수 없다?"

"또 문제가 생겼을 때 이 파일에서 진실을 골라내고 싶어질지도 몰라."

"그럴 일은 없어요."

리카는 딱 잘라 말했다.

"인생에서 이렇게 고민할 일은 앞으로 평생 없을 텐데요."

"그럴까?"

소라빵처럼 돌돌 말린 은발을 흔들며 마법사는 궁리하고 있었다.

"내가 인간을 재미있어하는 까닭은 서로 마주 보면서도 일치하지 않기 때문이야. 갖가지 오해를 해. 예를 들어 하루토 군은 어머니를 정말 싫어하지만, 어머니가 똑같이 하루토 군을 싫어한다고는 단정할 수 없어. 게다가 있잖아, 네가 나를 취재했을 때도 선생님이 오해했지? 그렇게 좀처럼 서로를 이해하지 못하는 게 인간이라면, 이 파일을 보고 사실을 알아버리는 순간 더 이상 인간으로 남을 수 없을지도 모른다고 생각한 것뿐이야."

"그건……."

"전에도 이런 일 있었지? 유키나리 군의 증조할머니를 친 차가 내게는 보였어. 하지만 그걸 이야기하면 사건을 마법으로 해결하는 꼴이 돼. 시작하면 끝이 없어. 하려고 들면 나는 그 범인을 세상 끝까지 날려버릴 수 있을지도 몰라. 그렇게 한 적은 없지만, 인간의 힘을 뛰어넘어서 할 수 있는 게 끝도 없어. 하지만 그걸 간단히 밟고 넘어가도 되는 걸까?"

"그래도……."

"너는 아까 이 이상 고민할 일은 없다고 했지만, 그건 모르는 일이야. 만약 또다시 무슨 일이 일어나면 분명 인간으로서는 불가능한 해결책을 찾고 말 거야."

그렇지 않아요. 이렇게 말하고 싶었다. 하지만 그러지 못했다. 이 이상 고민할 일은 없다고 말한 근거는 없다. 리카는 힘없이 고개를 떨구었다.

"그리고 잊지 말아줬으면 하는 건, 네가 여기를 다니고 파일을 볼 수 있는 건 스무 살 생일 전날까지라는 사실. 스무 살이 지나면 그런 해결법은 결코 쓸 수 없게 돼."

"그렇다면."

리카는 마법사의 눈을 봤다. 라벤더색에 빨려 들어갈 것만 같아 줄지어 꽂힌 파일의 등 표지로 시선을 옮겼다.

"스무 살 생일을 맞으면 파일을 보고 해결했다는 것도 전부 잊어버리는 거죠? 그렇다면 그 뒤로 마법사님에게 의존할 염려도 없는 거 아니에요?"

논파했다고 생각했지만, 마법사는 부드럽게 고개를 저었다.

"아무리 기억이 없어져도 분명 몸 어딘가가 기억할 거야.

더 간단한 해결책이 있을 텐데 하고. 그렇게 되면……."

"나는 조금씩 망가져갈지도 모른다?"

"전례가 없어서 증명할 수는 없지만."

"그때 마법사님이 살짝 도와줘서 나를 원래대로 되돌려줄 수는 없어요?"

"나는 스무 살이 지난 성인의 일에는 관여하지 않아."

무심코 "예예, 그랬지요" 하고 빈정거리고 싶어진 리카는 난로 옆을 벗어나 대문을 열었다. 훅 뜨뜻미지근한 바람이 불어왔다.

리카는 소파에 가방을 놔뒀다는 것을 뒤늦게 생각해 내고 돌아가지도 못하고 바다 쪽을 바라봤다.

"아아."

평소에는 바다로 가로막혀 있는 구지라섬까지의 200미터 정도 거리에 바위 다리가 생겼다. 리카는 걷기 시작했다.

구지라섬은 7~8분이면 한 바퀴 빙 돌 수 있을 만큼 작은 섬으로, 높이는 30미터 정도다. 동쪽은 소나무나 참억새 등 녹음으로 뒤덮여 있었다. 그리고 서쪽에는 태양광선을 그득 모으고 있는 듯한 커다란 구덩이가 있었다.

다리를 끝까지 건넌 리카는 바위를 타고 꼭대기까지 올라가 그 구덩이 안에 주저앉았다. 그러고 보니 오늘 선크림 바르는 것을 까먹었다. 하늘에서 내리쬐는 빛을, 바다에서 반사한 빛을, 이 웅덩이가 모은 빛을 그대로 받는 것은 무모하다고 생각하면서도 리카는 움직일 마음이 들지 않아 꼼짝하지 않았다. 땀이 솟구쳐 나왔다. 손수건으로 닦으면서 끝도 없이 펼쳐진 푸른 바다를 바라봤다.

이윽고 석양이 맞은편 반도의 그늘로 저물어가자 리카의 땀은 빠르게 식었다. 보라색 하늘 낮은 곳에서 별이 빛나기 시작했다.

기척이 느껴져 돌아보니 마법사가 올라오고 있었다. 리카는 눈길을 돌려 또다시 바다를 바라봤다. 마법사는 아무 말 없이 옆에 앉았다. 라벤더색 드레스 자락이 사락사락 소리를 냈다.

하늘을 따라 바다도 완전히 보라색으로 물들었다.

"어머."

리카는 얼굴을 불쑥 앞으로 내밀어 방금 본 것을 확인하려 했다. 보라색 바다 저 밑에서 아주 작은 은색 별이 차례차례로 떠오르고 있었다. 리카는 별이 비치는 건가 하고 올려다봤지만, 하늘에는 두세 개 정도밖에 떠 있지 않았다. 그런데 바닷속에는 100개, 1000개, 아니 이루 헤아릴 수 없을 만큼 많았다. 그 빛의 입자는 언덕 위에서 번화가를 내려다볼 때의 야경처럼 해수면에 퍼져 반짝반짝 빛나기 시작했다.

마법사가 속삭이듯 말했다.

"내가 바다에 가라앉힌 불가사리야."

"스무 살을 넘긴 사람들이 남기고 간 추억?"

"그래."

바다가 보라색에서 군청색으로 바뀔 즈음 바다의 별들은 하나둘 다시금 조용히 잠겨갔다.

리카는 너른 바다를 향해 중얼거렸다.

"사실은 알고 있었어요."

"그래."

속삭이는 듯한 마법사의 부드러운 목소리가 리카를 감싸 안았다.

그녀는 안심하고 다음 말을 이었다.

"마법사님, 인간은 그렇게 만만하지 않아요."

"그렇구나."

"눈에는 보이지 않아도 보려고 들면 보이는 것도 있어요."

마법사가 살짝 고개를 끄덕였다.

"메이는 친구예요. 5년, 10년, 분명 50년 뒤에도."

갑자기 마법사의 양손이 리카의 어깨를 감싼다.

"자, 돌아가자."

리카는 그 손을 느끼면서 괜히 떼를 썼다.

"싫어요. 계속 있을래요."

3센티미터쯤 쌓인 눈이 좀처럼 녹지 않는 아침이었다.

'도쿄문과대학 부속 가네하라중·고등학교'. 이런 엄숙한 표찰이 걸린 문으로 들어가니 이미 안뜰이 수런거리고 있었다. 달려가려는 하루토를 어머니 미쓰코가 "위험해" 하고 막았다. 하지만 그런 그녀 역시 종종걸음을 치고 있었다.

교직원 입구 옆쪽 게시판에 초등학생과 그 부모들이 무리지어 있었다. 합격자 번호는 모조지 같은 데 적어 붙여놨을 것이라고 하루토는 생각했지만, 과연 도쿄에 있는 대학의 부속학교다. 이날만 쓸 것 같은 플라스틱 패널에 숫자가 주르륵 늘어서 있었다.

다들 무리지어 있어서 멀리서는 보이지 않았다. 하루토는 자기 수험표를 꺼냈다. 보지 않아도 알지만, 새삼 숫자를 확인했다. '97'.

"왜 그러니? 자신 있다고 했잖아."

떤다고 생각했는지, 미쓰코가 하루토의 등을 가볍게 탁 때렸다. 자신 없는 것은 아니다. 아니, 오히려 자신만만이다. 학원에서 치른 마지막 모의시험 때처럼 잘 봤다는 느낌이 있었다. 그때는 처음으로 A 판정을 받았다. 다시 말해 합격 가능성이 80퍼센트였다. 그 사실을 전했기 때문에 미쓰코도 조금 전 들떠서 종종걸음을 친 것이었다.

하루토는 늘어선 사람들 사이를 비집고 게시판 앞으로 다가섰다.

언제까지나 멍하니 보고 있는 녀석은 실의에 빠진 나머지 움직이지 못하는 걸까? 아니면 감격한 나머지 몸이 굳어버린 걸까?

"아아."

마음의 준비가 되지 않았다. 80번 부근부터 손가락으로 따라가면서 찾을 생각이었다. 하지만 하루토가 사람들을 헤집고 들어간 곳이 마침 90번대였다.

92, 93, 95, 98.

떨어졌다는 생각보다도 먼저 "어라?" 하고 의문을 느꼈다.

채점이 잘못된 것은 아닐까? '97'에 동그라미를 칠 생각이었는데 실수로 '98'에 해버린 것은 아닐까?

"아쉽구나."

미쓰코의 목소리가 들려왔다. 어느새 옆에 와 있었다.

"그렇지 않아. 그럴 리가 없어."

"그럴 리가 없다고 말해도 소용없잖아. 답안지에 이름 적는 걸 잊은 건 아니니?"

"잊지 않았어."

"그럼 문제에서 너도 모르게 실수했거나."

"하지 않았어."

정말 잘했다. 붙을 것이라는 느낌이 있었다. 그것도 부정당해 버리면 앞으로 더 이상 제 자신의 실력을 믿지 못하게 되는 것이 아닐까?

"교무실에 물어볼 수 없나? 내 답안을 달라고 해서 점수 확인을……."

"모의고사가 아니잖니. 그런 걸 할 수 없는 게 입시라고."

"뉴스에 자주 나오잖아. 나중에 확인하니까 채점 실수였다고, 합격자를 불합격 처리한 걸 사과한다고."

미쓰코가 팔을 잡아당겼다. 하루토는 안뜰 벤치 앞까지 끌려갔다. 벤치 위에 쌓였던 눈은 이미 녹았지만, 물기가 아직 완전히 마르지 않아서 물방울이 남아 있었다. 그것을 노려보면서 미쓰코가 말했다.

"하루토. 결과를 받아들이지 않으면 안 돼."

"그렇지만."

"엄마도 충격이야. 불합격 게시판 보는 거, 처음이라고."

미쓰코가 형 야마토 이야기를 하고 있다는 것은 금방 알았다. 작년에 야마토는 고등학교 수험에서 제1지망인 기요카와 고등학교에 보란 듯이 합격했다.

"하루토의 경우에는 이런 일도 있구나. 게시판을 보러 오지 말고 인터넷으로 확인해도 됐을 텐데."

미쓰코는 한숨을 내쉬면서 휴대전화를 꺼내 문자를 보냈다. 구지라사키역 사무실에서 마른침을 삼키며 연락을 기다리고 있을 남편을 떠올린 것이다.

채점 실수야. 분명해. 하루토는 아직 그 생각을 버리지 못했다. 하지만 학교가 자신을 거부했다면, 자신이 집착하는 것은 지는 것이라고 생각했다. 그는 무리해서 목소리를 높였다.

"어쩌면 다행인지도 몰라. 편도 한 시간 통학이라니 꽤 귀찮잖아."

"너는 전환이 빨라서 좋겠구나. 학원에 들인 돈도 무시할 수 없는데. 엄마는 작년에 동창회 때 입을 새 원피스 사는 것도 포기했다고."

미쓰코가 주륵 미끄러질 뻔했다. 넘어져버려라. 하루토는 자신도 들리지 않을 만큼 아주 작게 내뱉듯이 말했다.

“다 해서 597엔입니다.”

점원의 말에 하루토는 불끈 화가 났다. 합계 금액 끝 두 자릿수가 '97'인 것은 이 사람 탓이 아니다. 그런데도 샤프도 노트도 다시 놓고 오고 싶은 충동에 휩싸였다.

“빨리 해. 아직 볼일이 많이 남았잖아.”

어머니가 가게 밖에서 말했다. 하루토는 투덜거리면서 돈을 냈다.

가네하라시와 구지라사키 마을의 딱 중간에 있는 쇼핑몰 윙즈는 주차장이 거대한 데다 레스토랑부터 옷 가게, 슈퍼마켓, 반려동물 용품점, 꽃 가게까지 망라하고 있다. 도보권 안에 있으면 자주 다니겠지만 차나 버스로밖에 올 수가 없다. 그래서 한 달이나 두 달에 한 번 정도, 여기로 물건을 사러 오는 것이 하루토 가족에게는 작은 이벤트였다.

고등학생이 된 야마토는 가족과 함께하는 일이 줄고 저녁

식사도 밖에서 먹는 횟수가 늘었지만, 이 쇼핑몰에는 지금도 따라온다.

"다음은 너, 뭐였지? 옷이 필요했다고 했나? 빨리 안 하면 아버지도, 야마토도 볼일 끝나버릴 거야."

아빠는 음반점을 둘러보고 나서 DIY점에서 취미인 목공일에 쓸 공구를 찾고 있다. 야마토는 새로 나온 휴대전화를 보고 나서 어슬렁어슬렁 돌아다니겠다고 했다.

사실은 나도 혼자서 쇼핑하고 싶은데. 돈이라면 마법사에게 받은 것으로 충분하다. 엄마의 지갑은 전혀 필요 없다.

그렇다고는 해도 하루토는 마음대로 옷을 사면 위험하다는 것 역시 잘 알았다. 잡지나 게임 소프트웨어같이 감출 수 있는 것이라면 괜찮지만, 부모님이 본 적이 없는 옷을 입고 있으면 그 돈의 출처를 추궁당해 버린다.

"여기."

하루토는 아까 지나면서 미리 확인해 둔 가게로 미쓰코를 데려갔다.

"밀리터리룩?"

아니나 다를까, 미쓰코는 얼굴을 찌푸렸다. 군복 문양의 티셔츠, 바지 같은 옷만 파는 가게였다.

"그만둬. 네가 입으면 꼴사나워 보여. 그보다 아까 적당해 보이는 가게가 있던데."

미쓰코는 성큼성큼 걸어가기 시작했다. 돌아보지도 않고. 자기가 당연히 따라올 거라고 확신하는 것에 화가 난다. 그렇지만 옷은 사고 싶었기 때문에 하루토는 따라갔다. 그래, 그 가게에서 제일 괜찮은 걸 고르자.

"자, 여기. 이런 폴로셔츠가 맞춰 입기에 좋아."

미쓰코가 멈춰 선 곳은 다름 아닌 골프웨어 전문점으로, 감색에 흰색 줄무늬가 들어간 그 폴로셔츠는 하루토 눈에는 아저씨가 입는 것으로밖에 보이지 않았다.

"싫어, 이런 거."

"이런 게 좋은 거야."

억지로 밀어붙이면 하루토가 꺾일 거라고 생각한다. 사실, 어머니가 그렇게 생각하는 것도 당연하다. 지금까지는 그래 왔으니까.

"그럼 가방을 살래."

"뭐? 그렇지만 가방은 어떤 거든 상관없다고 했잖아."

하루토가 모레부터 다닐 구지라사키중학교는 의외로 교칙이 엄격하지 않아 가방에 대한 규정이 없다. 초등학교 때 메고 다니던 스포츠백을 그대로 쓸 생각이었는데, 이상한 폴로셔츠밖에 사주지 않겠다면 가방에 돈을 써야겠다 싶었다.

“생각해 보니까 초등학교 때랑 똑같은 가방은 좀 창피해.”

“하지만 새로 살 것까지는 없잖아. 형 걸 써도 되고.”

“어째서 중학교에 들어가는데 낡은 걸 써야 하는 거야?”

느닷없이 가슴 안쪽에서 화가 치밀어 올라, 하루토 자신도 놀랐다. 감기에 걸렸을 때 갑자기 구역질이 나고 곧바로 홀딱 토해버린 기억이 떠올랐다.

“엄마는, 당신은, 내가 바보인 줄 알지?”

하루토는 휙 돌아서서 자동문 밖으로 나왔다. 4월 초순의 공기는 아직 서늘해서 하루토는 손에 들고 있던 점퍼를 걸치고 싶었지만, 자기가 화났다는 것을 더 확실히 드러내고 싶어 그대로 계속 걸었다.

“얘, 무슨 소리를 하는 거야?”

뒤쫓아오는 미쓰코의 발소리에 하루토는 마음이 놓였다. 마음대로 하라는 말을 들으면 그의 패배다. 하루토는 엄마를 ‘당신’이라고 부르니 세상이 아주 조금 넓어진 듯한 기분이 들었다.

“당신은 형만 사랑스럽지. 어쨌든 나는 입학시험도 떨어졌고, 다 내 잘못이지.”

오른쪽으로 넓은 주차장이 펼쳐져 있었다. 빌딩 옥상 주차장보다 이 부근이 지붕도 있고 건물과도 가까워서 차가 많다.

커다란 회색 차가 하루토를 스치듯 지나갔다. 느닷없이 그가 튀어나왔다고 느낀 모양인지 빵빵 경적을 울린 차는 도로로 나가는 왼쪽 전용 도로를 달려갔다. 인도는 없었지만 하루토는 그쪽으로 향했다.

"잠깐, 거기 서. 위험하잖아."

미쓰코의 날 선 목소리가 뒤에서 등을 찌를 듯한 기세로 들려왔다. 하지만 그는 돌아보지 않았다. 날 선 목소리는 계속 따라왔다.

"모레부터 중학생인데 뭘 유치원생처럼 토라지는 거야. 바보 같아."

"그래, 나는 바보야. 중학생이 되는데 새 가방도 못 사고 형이 쓰던 헌 걸로 충분하다는 말을 들을 정도로, 가족도 어찌 되든 상관없다고 생각하는 바보라고."

"그런 게 아니야."

힐이 또각또각 울리는 소리가 들려왔다. 그 소리에서 어떻게든 달아나고 싶어서 하루토는 달리기 시작했다.

"하루토!"

전용 도로를 끝까지 내려와서 도로로 나가니 버스가 다가오는 것이 보였다. 가네하라역 방향이다. 지갑에 3000엔이 있었으니, 못 탈 리는 없었다.

멀리서 미쓰코가 크게 외치는 소리가 들렸다.

버스를 타려는 사람은 세 명이었는데, 그중 한 노인이 손잡이를 붙잡고 천천히 계단을 올라가 하루토는 조바심이 났다. 어머니가 등 뒤에까지 쫓아온 기분이 들어 주뼛주뼛 돌아보니, 그녀는 정류소에서 30미터 정도 떨어진 전용 도로 출구에 멈춰 서서 이쪽을 노려보고 있었다.

역시나. 그제야 하루토는 만족했다. 버스가 출발한다. 하루토는 어머니를 보지 않으려고 애쓰며 자리에 앉았다.

앞에 앉은 사람이 휴대전화를 끊임없이 만지작거리고 있었다. 문자를 보내는 모양이었다. 야마토가 휴대전화를 샀을 때 하루토도 열렬히 원했다. 하지만 고등학교에 들어가면 쓰게 해주겠다며 허락받지 못했다. 그때는 분했지만, 지금은 다행이라는 생각이 들었다. 휴대전화를 갖고 있었다면 곧장 전화나 문자가 왔을 테니까. 어머니가 지금쯤 "사줄걸" 하고 후회하고 있겠지 상상하니 고소했다.

하지만 서서히 흥분이 가라앉자 이제 뭐 하나 재미있지 않다는 것을 깨달았다. 차창으로 보이는 것은 그저 넓은 들판, 듬성듬성 서 있는 집, 오가는 차뿐이었다. 적어도 구지라사키 역 행 버스를 탔다면 도중부터 바다가 보였을 텐데. 이쪽 노선은 눈을 크게 뜨고 볼 풍경이 하나도 없었다. 게다가 목적

지인 가네하라시에는 잘못 채점해 나를 떨어뜨린 그 잘난 학교가 있다. 열 받아…….

멍하니 반대 차선에서 달려오는 차를 보는 동안에 하루토는 결정적으로 큰 실수를 저질렀다는 것을 깨달았다. 옷을 다 사고 모두들 볼일을 마치고 모이면 밥을 먹기로 돼 있었던 것이다. 5층 식당가가 리뉴얼해서 회전초밥집과 채식 전문점이 새로 문을 열었다. 미쓰코는 채식 전문점이 좋아 보인다고 했지만, 남자인 아빠나 형에게 받아들여질 턱이 없으니, 오늘 저녁은 회전초밥이 될 전망이었다.

가네하라역에서 되돌아가는 버스를 타고 쇼핑몰로 돌아가면 어떨까? 하지만 왕복 한 시간 이상은 걸릴 것이다. 진즉 다 먹고 엄마뿐 아니라 형이나 아버지에게까지 바보 소리를 들으며 비웃음당하고 싶지는 않다.

아니…… 하루토는 냉정하게 상황을 분석하려 했다. 아무리 그래도 하루토가 없어졌다는 말을 들으면 모두가 어머니에게 화를 내지 않을까? "하루토가 어디 갔는지 모르는 이 상황에 밥을 먹자고?" 아버지가 이렇게 말해서 세 사람은 곧장 집으로 돌아가고 있을 것이다. 그래, 그럴 가능성이 높다.

드디어 가네하라역에 도착했을 때 이미 해는 저물어가고, 성질 급한 차는 헤드라이트를 켜고 달리고 있었다. 빛의 소용

돌이같이 번화한 터미널을 빠져나와, 하루토는 바다로 향하는 전차를 탔다.

다른 데 들르지 않고 곧장 집으로 향한 하루토는 모퉁이를 돌아 자기 집이 보이기 시작한 순간, 이미 후회했다. 차가 없었다. 문등도 꺼져 있었다.

착각도 정도껏 하라고, 자기를 실컷 비웃고 싶어졌다. 더 이상 초등학생이 아니다. 하루토가 쇼핑몰에서 홀연히 사라졌다면 몰라도 버스에 탄 것을 어머니가 지켜봤으니 당연히 "그렇게 서두를 필요 없어. 초밥 먹고 가자"라고 이야기가 됐을 것이다.

세 사람은 집에 돌아와서 하루토에게 "어머, 어디서 저녁을 먹고 온 거 아니니?" 하고 말할 것이 틀림없다. 안됐다며 초밥을 선물로 사 와줄 것을 기대했다가는 어처구니없는 꼴을 당할 것이다.

하루토는 집에 들어가지 않기로 했다. 얌전히 기다리는 것은 바보 같다. 자기도 맛있는 것을 먹고 배가 빵빵해져 돌아올 것이다. 그렇다고는 해도 혼자서 들어갈 수 있는 데라고는 결국 웨일즈밖에 없었다. 역까지의 20분 거리가 길게 느껴졌다. 점점 배가 고팠다.

"핫도그랑 감자튀김이랑 콜라 라지 사이즈랑 또…… 치킨 데리야키 버거."

평소에 밖에서 음료를 살 일이 생기면 과일 주스나 차로 하라는 어머니의 잔소리를 귀 따갑게 듣는 하루토는 커다란 콜라 컵을 보고 빙그레 웃었다.

하루토는 2층 창가 쪽에 자리를 잡았다. 아…… 누가 만화 잡지를 놓고 갔다. 주위를 보니 아무도 하루토를 신경쓰고 있지 않아서 슬쩍 그 잡지를 끌어당겼다. 10대 후반에서 20대를 타깃으로 한 잡지였다.

맨 앞에 있는 수영복 화보를 보고 두근두근하면서 책장을 넘기니 첫 번째 만화는 여형사 이야기였다. 전회부터 이어지는 사건인 모양으로 이해가 되지 않는 부분도 많았지만, 하루토는 정신없이 책장을 넘겼다. 만화 속 여형사는 언제나 얇고 가슴이 봉긋 솟은 셔츠만 입고 있다. 덕분에 모처럼의 치킨 데리야키 버거가 무슨 맛인지조차 알지 못했다.

눈 깜짝할 사이에 한 시간쯤 흘렀다는 것을 깨달은 하루토는 만화 잡지를 원래 있던 자리에 살짝 되돌려놓고 일어섰다. 어쩌면 집에서는 하루토가 어디 있는지 모르겠다며 작은 소동이 벌어졌을지도 모른다.

잔달음질해 돌아가니 20분 거리를 14분 만에 도착했다. 하지만 집 근처까지 온 하루토는 또 기가 막혔다. 아직 차가 없다. 대체 어디 간 걸까? 회전초밥이 너무 맛있어서 셋이서 정신없이 먹고 있는 걸까?

추억 전당포에 갈까? 하루토는 문득 생각했다. 해가 지고 나서 그 절벽을 내려간 적은 한 번도 없지만.

빙글 등을 돌리려던 그때 알아차렸다. 아까 꺼져 있던 문등이 켜져 있다. 그렇다는 것은 차는 없어도 누군가 돌아와 있다는 뜻이다. 즉 집에서 대기하는 사람과 하루토를 찾아 헤매는 사람으로 나뉜 상황인지도 모른다.

이거 꽤 혼나겠는걸. 하루토는 가방에 넣어둔 모자를 꺼내 썼다. 머리를 맞을 때 조금이라도 덜 아프게끔. 그리고 문을 열고 현관까지 이어진 계단 세 칸을 단번에 훌쩍 뛰어올라 문을 열었다.

"저 왔어요."

아무 일도 없었다는 듯이 일부러 밝은 목소리를 내봤다.

쿵쿵쿵 소리가 들리고, 거실에서 사람이 나왔다. 당연히 엄마일 줄 알았던 하루토는 "어?" 하고 큰 소리를 냈다. 야마토였다. 그것도 코가 새빨개져 있었다. 울고 있었던 것이 분명했다. 나를 그렇게나 걱정했나?

"어디 갔던 거야!"

오른뺨을 세게 맞았다.

"무슨 짓이야."

"무슨 짓이야가 아니야."

야마토가 다시 한번 오른뺨을 때렸다. 오른쪽만 때리면 붓잖아. 그렇게 투덜거리려고 입을 열었지만 야마토의 얼굴을 보니 말이 쏙 들어가고 말았다. 눈물과 콧물로, 얼굴 전체가 물 잠그는 것을 잊은 수도꼭지 같았다.

"어머니가."

야마토는 그렇게 말하고 긴 소매로 얼굴을 닦았다.

"엄마?"

하루토는 재빨리 머리를 굴렸다. "더 이상 하루토는 우리 집 애가 아닙니다" 하고 소리치고 있다? 하지만 그것은 예전에 실제로 있었던 일로, 그때 야마토는 모르는 척 텔레비전을 보고 있었다.

갑자기 하루토의 가슴속에서 불안이 솟구쳤다.

"엄마가 뭐?"

야마토는 가슴을 손으로 꾹 눌렀다. 그렇게라도 하지 않으면 목소리를 짜내지 못하는 모양이었다.

"병원에 실려 갔어."

하루토는 형을 노려봤다.

"뭐라고?"

"차에 치였다고! 뺑소니를 당했어. 주차장에서."

"주차장……?"

하루토는 얼굴에서 핏기가 빠져나가는 것을 느꼈다. 야마토가 하루토의 양어깨를 꽉 붙잡았다.

"먼저 갔다면서 어째서 빨리 돌아오지 않은 거야? 집 전화 응답기에 몇 번이고 메시지를 남겼는데. 아버지는 아직 병원에 있고, 나는 돌아와서 너를 기다릴 수밖에 없어서……."

"그보다 치였다니 어떻게 된 거야? 주차장에서는 크게 속도 내지 않아서 괜찮잖아. 골절이야?"

"두 번 치였어."

"뭐라고?"

"차가 한 번 친 다음에 후진해서 쓰러져 있는 어머니를 다시 한 번 치었어. 그리고 그대로 도망쳤어."

"어째서 그런 짓을!"

"경찰이 조사하고 있어. 어머니한테 원한이 있는 놈이 아닌가 하고. 아버지한테도 나한테도 물었어. 건물 여기저기에 보안 카메라가 있으니까 분석하면 분명 금방 잡힐 거라고 형사는 말했지만……."

"어디 병원이야?"

"종합병원이야. 거기밖에 없잖아."

"그럼 빨리!"

"서둘러도 서두르지 않아도 이제 똑같아."

"무, 무슨 소리야."

야마토는 대답하지 않았다. 그 눈에서 또다시 눈물이 흘러넘쳤다.

하루토는 양 무릎에 힘이 빠져 탁 소리를 내며 현관 콘트리트 바닥에 부딪히듯 주저앉고 말았다. 하지만 아픔을 느낄 수 없었다.

야마토의 목소리가 메아리처럼 멀리서 들려왔다.

"두 번 치여서 살 수 있는 사람이 어디 있어."

주차장에서 자신을 노려보던 어머니의 얼굴이 떠올랐다.

현관에서 복도 그리고 거실에까지 매트가 깔렸다. 장의사들이 거실을 본 적 없는 풍경으로 바꿔놨다. 관이 모셔지고, 유영이 걸리고, 국화꽃이 장식됐다.

경야가 시작되고, 동네 사람들과 미쓰루가 근무하는 철도회사의 사람들이 차례차례 조문을 왔다. 다다미방에는 하루토의 할아버지, 할머니를 비롯해 친척들이 와 있었다. 낮은 원탁에는 초밥 상자가 세 개나 놓여 있었다. 하지만 손을 대는 사람은 아무도 없다. 하루토는 그 방 문 근처에서 멍하니 서 있었다.

복도를 사이에 두고 거실에서 미쓰루가 다부지게 조문객에게 인사를 거듭하는 것이 보였다.

"범인, 잡혔다고요."

"예. 덕분에 오늘. 가네하라시에 사는 서른일곱 살 남자였습니다. 인도도 없는 자동차 전용 도로에 사람이 있을 줄은 생각도 못 했다. 이렇게 태도를 바꾼 듯합니다."

"그렇다고 해도 뺑소니를 칠 이유가 되나."

상대가 떨리는 목소리로 말하자 미쓰루도 따라서 목소리가 떨리고 얼굴이 일그러졌다.

"전과를 감추고 싶었던 모양입니다."

"전과?"

"전에도 여자를 치고 도망친 적이 있나 보더군요."

"세상에……."

"미쓰코도 처음에 치였을 때는 아직 살아 있었던 모양입니다. 당찬 아내답게 얼굴을 번쩍 들고 차 쪽을 봤대요. 아마 차 번호를 확인하려고 했겠죠. 그랬더니 남자가 차 번호를 들킨 줄 알고 후진해서는……."

올라타듯 치고 도망갔다는 말은 차마 하지 못하고, 미쓰루는 입술을 세게 깨물었다. 회사 상사로 보이는 그 남자는 미쓰루의 어깨를 감싸 안고 위로했다.

하루토의 귀에는 어떤 대화도 자신을 책망하는 것처럼 들렸다. 어머니가 치인 것은 하루토가 버스에 뛰어오른 직후였다. 누구도 하루토 탓이라고 소리 내어 말하지는 않았다. 그러나 하루토 탓이 아니라고 위로해 주는 사람도 없었다.

귀에 익은 목소리가 들려 현관 쪽을 보니 하루토의 초등학교 담임선생님들이 들어오는 참이었다. 하루토는 서둘러 다다미방 안쪽으로 쏙 들어갔다. 위로의 말을 들으면 분명 울어버릴 것이다. 언제나 건방지게 굴었던 선생님에게는 절대 약한 모습을 보이고 싶지 않은데 말이다.

하루토가 초밥 상자 앞에서 잠시 몸을 굳히고 있으니 선생님들이 거실로 들어갔다가 나가는 기척이 났다. 안심했을 때 누가 조심스럽게 톡톡 어깨를 두드렸다.

"하루토 군."

얼굴을 드니 할머니 에이코였다. 미쓰코의 어머니. 피곤에 절은 얼굴로, 그래도 미소를 지으려 하고 있었다. 그 표정을 보니 아무리 하루토라도 매몰차게 굴 수는 없었다.

"왜요?"

"고등학생 누나들이 왔어. 하루토 군에게 전해주고 싶은 게 있다는구나."

"예?"

돌아보니 문 근처에서 베이지색 교복을 입은 리카와 메이가 조심스럽게 고개를 숙였다. 그런 태도에 하루토도 아줌마라고 악담하며 쫓아 보내지 못하고 손짓해 불렀다.

"이번 일은…… 정말 유감스럽고…… 우리도 뭐라고 해야 할지……."

리카가 목이 메여 말한다.

"그게 뭐야?"

하루토는 리카가 어떻게 봐도 주고 싶어 하는 것처럼 들고 있는 종이봉투를 손가락으로 가리켰다.

"이거, 추억 전당포에서 보내는 물건."

"어? 마법사님이?"

"그래. 마카롱이래."

리카는 주위 어른들에게 들리지 않도록 목소리를 낮췄다.

"다람쥐 씨랑 같이 만들었대. 하루토 군, 그다지 식욕이 없을 테니까, 괜찮으면 조금이라도 먹고 기운 차렸으면 한대. 마법을 쓰지 않고 만들었으니까 시간이 지나도 사라지거나 하지 않는대."

"응."

하루토는 건네받으면서 별 생각 없이 중얼거렸다.

"마법사님이 시간을 사흘 전으로 되돌려주면 좋을 텐데."

"그래……. 자, 그럼 우린 이만 갈게."

리카와 메이는 미안해하며 돌아갔다.

밤 9시가 되자 장의사들이 문을 닫았다.

"가족들끼리 여유를 가지고 이야기를 나누십시오."

그 말에 가족들은 거실로 자리를 옮겼다. 하지만 하루토는 관에 가까이 다가갈 수 없었다. 흘깃 본 어머니는 너무 하얘서 매정해 보였다. 또 화를 내고 있구나……. 그런 생각밖에 할 수 없었다. 인생의 마지막 순간, 하루토에게 화를 내면서 죽어버린 사람에게 말을 걸 용기는 없었다.

잠시 모습이 보이지 않던 미쓰루가 되돌아왔다. 손에는 커다란 종이봉투를 들고 있었다. 손잡이 부분을 화려하게 장식한 핑크색 리본. 나비로 변신해 어딘가로 훌쩍 날아가버리는 편이 좋겠다는 생각이 들 정도로 이 자리에 어울리지 않았다.

"사실은, 어제가 둘째의 중학교 입학식이었어요."

미쓰루가 목소리를 높였다.

"어머."

"그랬구나."

지금까지 소곤소곤 이야기를 나누던 친척들이 탄식했다.

“기다리던 입학이 이렇게 돼버려서 미쓰코가 가장 유감스러워하고 있으리라 생각합니다. 그리고 새로운 생활의 시작인데, 학교에 가지 못하고 있는 하루토에게도 미안한 일을 했다고 생각하고 있습니다.”

종이봉투를 고쳐 들고 미쓰루는 말을 이었다.

“이제는 미쓰코가 하루토에게 주는 마지막 선물이 돼버렸습니다만…….”

뭐? 하루토는 숨을 멈추고 다음 말을 기다렸다.

“하루토의, 통학용 스포츠백입니다. 저는 형 야마토 걸 물려주면 되지 않느냐고 했습니다만, 미쓰코는 하루토가 모처럼 새로운 첫걸음을 내딛는데 그건 너무 안됐다면서 몰래 선물을 준비했어요. 입학식 전날에 주려고.”

여기저기 흐느껴 우는 소리가 새어 나오는 가운데 하루토는 망연자실했다.

“자, 하루토, 이거, 한번 풀어보렴.”

아버지의 손짓에 발을 내디뎠다. 받아 든 종이봉투의 리본을 풀었다. 핑크색 리본은 나비가 되지 못하고 바닥으로 툭 떨어졌다.

“어머, 멋있구나.”

"좋겠구나……, 좋겠어, 하루토 군."

가방을 꺼내니 여기저기서 목소리가 들려왔다. 경야인 오늘, 처음으로 모두의 얼굴에 미소가 떠올랐다. 울며 웃는 사람도 많았다.

하루토는 가방 겉면을 봤다가 뒤집어봤다가 안을 들여다봤다가, 그렇게 무의미한 동작을 반복했다.

옆에서 야마토가 말한다.

"그거, 네가 좋아한다고 말했던 스포츠 브랜드지. 스타라이츠. 어머니가 잊지 않고 기억하고 있었나 봐."

"그렇지만…… 들은 적 없는걸, 나는."

되살아나는 쇼핑몰에서의 대화. 미쓰코가 가방은 그만두라고 말한 까닭은 선물을 준비했기 때문이었다. 그런 걸 알 리가 없잖아. 몰래 뭔가를 준비하는 것은 평소 엄마 성격이 아니니까.

하루토의 눈에서 비로소 눈물이 솟아오르는 것을 보고 옆에 있던 숙모가 일어나 부드럽게 어깨를 안아줬다.

"다행이구나. 어머니로부터 마지막 선물을 받을 수 있어서. 소중히 간직하렴."

아니다. 다들 착각하고 있다. 내가 마음이 담긴 선물을 받은 게 기쁘고 애달파 운다고 생각하고 있다. 그렇지 않다. 그때 우리가 나눈 대화를 아무도 모른다. 엄마와 자신밖에 듣지 않았다. 내가 아무 까닭 없이 화가 나서 자동문 밖으로 나서지만 않았더라면…….

"싫어. 난 이런 거 싫어!"

거실을 뛰쳐나간 하루토는 다다미방으로 뛰어들었다.

"하루토."

야마토가 뒤쫓아 왔다.

하루토는 아까 다다미방 안쪽에 있는 빈 과자 상자에 향전이 들어 있는 것을 봤다. 망설임 없이 그 상자를 열었다. 누가 정리했는지, 향전 봉투와 현금이 깔끔하게 나뉘어 있었다. 하루토는 1만 엔짜리 지폐 다발을 거머쥐었다.

"하루토! 무슨 짓이야."

야마토가 다다미방 입구를 가로막았다. 하루토는 머리를 박았다. 어릴 적 싸움과는 달리, 열두 살짜리의 박치기는 도사견이 태클을 걸듯 격렬했다.

"뭐야, 너 이 녀석."

야마토는 비틀거리면서 소리쳤다. 거실에서 숙부, 숙모들이 놀라서 얼굴을 내밀었다. 하지만 하루토는 복도를 뛰어나갔다. 잔뜩 늘어선 신발 중에서 자신의 스니커즈는 찾을 수 없어 대신 형 것을 신었다. 그리고 뛰쳐나가듯 집을 나섰다. 엄마도 이런 기분으로 차 앞으로 뛰쳐나갔을까 생각하면서.

이 하늘은 전부 내가 지배하고 있다고 말하는 듯 보름달이 사방으로 빛을 발하고 있었다.

"안녕."

메이가 손을 흔들었다. 리카도 같이 흔들었다.

"내일 봐."

메이도 드디어 지난주부터 학원을 다니기 시작해, 수업이 끝나면 함께 강의실을 나와 이 교차로에서 헤어지는 것이 습관이 돼가고 있었다.

평소에는 "내일 봐" 하고 망설임 없이 등을 돌리고 돌아보는 일 없이 걸어간다. 그런데 오늘 리카는 걸어가다가 뒤를 돌았다.

"메이."

"응?"

메이가 돌아봤다. 길이가 40센티미터는 될 듯한 땋은 머리가 그녀의 곁을 따르는 빛나는 용처럼 빙글 회전했다.

"차 조심해."

그러자 메이의 표정이 갑자기 어두워졌다.

"리카도."

리카는 메이도 자신과 똑같은 일을 떠올렸다는 것을 알 수 있었다. 아까, 학원에 가기 전에 찾아간 밝은 거실, 미소 짓고 있는 유영, 너무나 초췌해진 하루토 군…….

혼자가 되자 리카는 발길을 서둘렀다. 바닷바람을 등 뒤로 맞으면서 주택지에 들어서려는 순간이었다.

"악."

맹렬한 속도로 달려온 몸집 작은 남자와 자칫 부딪칠 뻔해 리카는 재빨리 물러섰다. 그 기세로 튕겨져 나간다면 자동차까지는 아니더라도, 자전거에 치인 정도의 충격은 입을지도 모른다.

그렇다고는 해도 어두운 탓에 상대가 누군지 잘 보이지 않아 "위험하잖아!" 하고 소리치는 것은 그만뒀다. 빙글, 방향을 돌려 이쪽으로 또다시 부딪쳐 온다면 가볍게 끝나지 않으리라. 동네에서 살인사건은 좀처럼 일어나지 않지만, 소매치기나 빈집털이를 당했다는 이야기는 이따금 듣는다.

정신을 차리고 다시 걸어가려는데 이번에는 숨을 헐떡이면서 달려오는 젊은 남자가 보였다.

"저기, 죄송합니다."

"네."

어두운 밤거리에서 남자가 말을 걸어와 소름이 돋으면서도 리카는 태연한 척 대답했다. 오른손을 가방 안에 넣어 더듬더듬 휴대전화를 찾았다.

여차하면 사람을 부르자. 1년 전이었다면 물론 유키나리다. 하지만 그 전화번호도 이미 삭제했다. 집이나…… 아니면 경찰이나.

"저, 지금 중학생이 여기를 달려가지 않았나요?"

사람을 찾는다는 것을 안 리카는 마음이 놓여 휴대전화에서 손을 뗐다. 자세히 보니 기요카와고등학교 학생이다. 검은 상의라고 생각한 것은 교복 블레이저였다.

"봤는데."

"하루토, 아니 사람을 찾고 있어요. 어디로 갔습니까?"

"하루토…… 라고요?"

"아, 동생입니다."

아까 지나간 소년의 희미했던 상이 확실한 형태를 띠었다.

"아아, 그 애, 하루토 군이었어요?"

"아세요?"

"아까 찾아뵈었거든요."

그렇게 말하니 그는 겸연쩍어하며 머리에 손을 올렸다.

"죄송합니다. 조문 온 분이 많으셔서 몰랐어요. 하루토 형 야마토입니다. 기요카와고등학교 2학년이에요."

"아, 나는 3학년. 그런데 하루토 군, 무슨 일 있어?"

"그 녀석, 좀 이상해요."

그런 추상적인 설명에도 리카는 상황이 대충 이해가 갔다. 추운 밤인데도 야마토의 이마에는 땀이 맺혀 있었다.

"바다 쪽으로 달려갔는데."

손가락으로 가리키는 대신 리카는 달리기 시작했다.

"저……, 죄송합니다."

동생을 같이 찾아주려는 자신에게 야마토가 사과하려 한다는 것을 깨닫고 리카는 말했다.

"학원에서 돌아가는 길이라 조금 늦어져도 괜찮아. 그보다 하루토 군이 이상…… 하다니?"

"그 녀석, 충격 받아서. 절벽에서…… 뛰어내릴 생각은 아닌가 하고."

"그건 아닐 거야."

숨을 거칠게 내쉬면서도 리카는 분명히 말했다. 마침 해안 도로로 이어지는 삼거리에 빨간 신호가 들어와 있었다. 멈추어 서서 숨을 들이마셨다. 금방 야마토가 따라붙었다.

"아니라뇨?"

새카만 바다에서 파도와 바람 소리가 울려 퍼졌다.

"추억 전당포에 가는 거 아닐까?"

숨을 고르면서 리카는 대답했다.

"이런 시간에?"

"하루토 군, 마법사랑 사이가 좋으니까."

신호가 바뀌었다. 먼저 맹렬한 기세로 달려 나갔던 야마토는 금방 그 자리에 서서 좌우를 둘러봤다.

"전당포에는 안 간 지 벌써 몇 년이나 돼서……. 어디쯤에서 내려가는 거였죠?"

"여기, 여기."

이번에는 리카가 앞장서 달리기 시작했다. 그녀는 전망대 주차장에서 조금 떨어진 곳에 있는 수풀을 손가락으로 가리켰다.

"여기. 하루토 군, 벌써 내려간 게 틀림없어."

"어떻게 알아요?"

수풀 코앞까지 와서야 야마토도 고개를 끄덕였다. 계단 양쪽으로 1미터 정도 간격마다 커다란 소라가 놓여 있었다. 소라는 레스토랑의 간접 조명처럼 안에서 희미한 불빛을 만들어냈다.

"하루토 군이 쉽게 길을 찾을 수 있도록 마법사가 이렇게 해준 것 같아."

리카는 익숙한 발걸음으로 계단을 한 번에 두 단씩 내려가기 시작했다. 도중에 계단은 오른쪽으로 꺾였고, 그다음 모퉁이가 있는 곳에서 나무 사이로 추억 전당포가 보였다. 야마토가 단숨에 속도를 올려 먼저 달려 내려갔다. 바닷바람에 뒤집히는 치맛자락을 신경 쓰면서 리카도 속도를 냈다.

야마토가 문을 여니 엉거주춤하게 앉아 있던 마법사가 천천히 고개를 들었다.

"너희도 왔구나."

소파에 축 늘어져 있는 하루토를 보고 리카가 달려갔다.

"하루토 군!"

소년은 손에 지폐 다발을 꼭 쥐고 있었다. 너무 꽉 쥐어서 지폐는 구깃구깃 구김이 가 있었다.

"걱정하지 않아도 돼. 너무 맹렬하게 뛰어와서 숨이 잘 안 쉬어져서 빈혈을 일으킨 거 같아."

마법사가 설명했다. 마침 다람쥐가 허브차를 가져오는 참이었다.

"진정 효과가 있어."

다람쥐에게 건네받은 찻잔을 마법사가 건네려 하자, 하루토는 일어나 탁 뿌리쳤다. 잔이 바닥에 떨어졌지만 재주넘기를 하는 것처럼 한 바퀴 휙 굴러 차를 한 방울도 흘리지 않고 바닥에 멈추어 섰다.

"하루토!"

야마토는 웅크리고 앉은 하루토에게 다가가 그 등을 꾹 눌렀다. 그 손도 그는 뿌리쳤다.

"돌려줘……. 전부 돌려달란 말이야."

리카가 물었다.

"뭘?"

하루토는 일어서서 테이블에 지폐 다발을 내동댕이쳤다.

"돈은 여기 있어. 내가 맡긴 엄마 추억, 전부, 모조리 돌려달라고!"

마법사는 난로 쪽으로 가서 즉시 파일을 꺼냈다. 그리고 거기서 종이를 차례차례 뽑아냈다. 아니, 종이로 보이지만 아닐지도 모른다.

"아아……."

하루토가 목소리를 높였다.

"왜 그래?"

리카의 말에 하루토는 대답하지 않았다.

"아……."

또 소리를 냈다.

"잠깐, 어떻게 돌아가는 거예요?"

이번에는 야마토가 마법사에게 물었다. 그녀는 계속해서 종이를 뽑아내며 조용히 대답했다.

"하루토 군이 맡긴 추억을 순서대로 뽑아내고 있어. 뽑아낸 순간, 추억은 하루토 군 머릿속으로 돌아가고 있을 거야."

"그래……. 엄마가 만들어준 도시락 엄청 맛있었는데, 어째서 추억을 맡겨버렸을까? 엄마가 나를 마당으로 불러 잔소리한 건 내가 빨래를 개겠다는 약속을 깨뜨려서이지, 엄마가 나쁜 게 아니었는데……."

"하루토 군."

리카의 목소리는 그에게 전혀 가 닿지 않았다.

"아아……. 용돈을 준다는 말에 설거지를 했는데 실수로 접시를 깨버렸어. 엄마가 화를 내니까 심술궂게도 내가 더 화가 나서 세 장을 더 깨버렸고. 결국 그걸 치우던 엄마가 약지를 베서……."

하루토의 눈에서 눈물이 방울방울 흐르기 시작했다.

"하루토, 내가 누군지 알겠어? 하루토!"

"형?"

하루토는 형이 이 자리에 있다는 것을 비로소 깨달은 모양이었다. 눈물은 방울이 아니라 두 줄기가 돼 양 볼을 타고 흘렸다.

“형!”

하루토가 그의 품으로 뛰어들었다.

“또 박치기당하는 줄 알고 졸았잖아.”

그러면서 야마토는 그 머리를 꼭 안았다.

일곱 살에 처음 전당포에 오고 나서 열두 살이 된 지금까지의 파일을 마법사가 모두 뽑아내는 데 27분이 걸렸다. 돌아온 추억의 소용돌이에 멍해진 얼굴을 하고 하루토는 문을 나섰다. 야마토가 그 등을 단단히 감싸고 있었다.

리카는 창가에서 돌계단 쪽을 내다봤다. 황금색 레일처럼 늘어선 소라들이 돌계단 위에까지 이어져 있어 도중에 보이지 않았다. 그 길을 형제가 어깨를 나란히 맞대고 올라간다.

“너는 안 가도 괜찮니?”

마법사의 말에 리카는 허둥댔다.

“아, 집에 연락하는 거 까먹었다.”

서둘러 “선생님한테 물어볼 게 있어서. 지금 막 학원에서 나왔어요” 하고 문자를 보내고 있자니 다람쥐가 리카 앞에도 허브차가 담긴 잔을 내려놨다.

후우 하고 크게 한숨 내쉬는 소리가 들렸다. 리카는 저도 모르게 한숨을 쉬고 있나 생각하며 고개를 들었다. 마침 마법사가 두 번째 한숨을 내쉬는 참이었다.

"왜 그래요?"

"이걸로 된 걸까?"

그렇게 말하면서 마법사는 테이블에 놓인 구깃구깃한 지폐 다발을 바라보고 있었다.

"혹시 돈, 모자랐어요?"

"그런 건 그리 중요하지 않아."

"그럼…… 괜찮지 않을까요?"

"뭐?"

"물론 당신은 하루토 군이 추억을 한꺼번에 되찾으러 와서 좀 충격을 받았겠지만, 그래도 그 애 입장에서는 어머니와의 추억이 늘어나서 좋았을 테고."

마법사는 조용히 고개를 저었다.

"내 말은 그런 게 아니야."

"그럼요?"

"만약 다른 방법을 취했다면 하루토 군의 어머니는 죽지 않았을 텐데."

"무, 무슨 말이에요?"

"기억나니? 유키나리 군의 증조할머니가 차에 치였지."

"네에."

"범인이 같아. 그때랑 이번이랑."

"뭐라고요?"

리카는 펄쩍 뛰어올랐다. 앉은 채로 이렇게 뛰어오를 수도 있구나 하고 생각하는 사이에 쿠션에 착지해서 깊이깊이 가라앉았다.

"유키나리 군의 미래를 봤을 때, 너는 범인이 누군지 알고 싶어 했어. 그때 단서를 알려줘서 경찰에 제보하게 했다면 하루토 군은 이런 일을 겪지 않아도 됐을 텐데……."

어떻게 대답해야 좋을지 알 수 없었다. 마법사는 천천히 말을 이었다.

"그렇지만 그런 식으로 생각하면 마법을 써서 어머니를 되살릴 수도 있고, 그 범인을 내가 말살해 버리는 것도 가능해. 그래. 하려고 들면 뭐든 할 수 있었어."

"마법사님……."

"인간이란 부자유스럽지만 재미있는 생물이라고 생각했어. 자기 자신의 마음조차 제어하지 못한다고. 마법사는 하려고 생각하면 뭐든 할 수 있고, 무슨 일이든 제어할 수 있어. 하지만 선택지가 많은 게 꼭 좋다고는 할 수 없어. 오히려 두고두고 고민하는 일도 있지."

미간에 주름을 잡은 마법사를 보는 것은 처음이었다. 리카가 바라보는 동안에 마법사는 세 번째 한숨을 내쉬었다.

세룰리안블루, 튀르쿠아즈블루, 나일블루. 모두 다 아니다. 이 완벽하게 푸른 하늘을 무슨 색이라고 설명하면 좋을까?

리카는 역 앞 서점 창가에 서서 아까 찾아낸 색견본 책을 한 손에 들고 하늘을 올려보고 있었다. 그 책에는 갖가지 색이 이름과 함께 소개돼 있었다. 그녀는 그중에서 파란색 계열 색을 일일이 하늘과 비교해 봤다. 결국 스카이블루가 제일 가깝나? 말 그대로 하늘색. 평범한 결론에 실망하면서 그녀는 책을 원래 서가에 가져다 두고 밖으로 나왔다.

토요일 오후의 역 앞은 뛰어다니는 꼬맹이들로 떠들썩하다. 주말에 몰아서 장을 보려는 주부를 노리고 정육점은 벌써부터 10퍼센트 가격 인하 스티커를 붙이기 시작했다.

학원으로 향하려던 리카는 상점가 끄트머리에 자리한 꽃집에서 눈길을 멈추었다. 진녹색 알루미늄 간판 밑에 야마토가 서 있었다. 가게 앞에 놓인 갖가지 꽃들을 뒤적이면서 뭐가 나은지 고르는 모양이었다. 요전에 함께 달린 그날 밤에는 교복이었지만 오늘은 사복이다. 카키색이 돋보이는 어른스러운 옷차림으로, 한 살 연하라기보다 자신과 같은 학년, 아니 연상으로도 보인다.

리카가 가게 앞까지 가자 안에서 “어서오세요” 하고 여덟 살짜리 여자애가 깜찍하게 미소 지으며 인사했다. 이 가게의 마스코트. 아버지와 딸 단둘이 열심히 산다는 것을 구지라사키에서 모르는 사람이 없을 정도여서, 쇼핑몰에 대형 꽃집이 문을 열었어도 다들 의리를 지켜 여기서 사 간다.

야마토는 진지하게 꽃을 고르느라 손님이 들어온 줄도 몰랐다.

“저기.”

리카가 바로 옆에 서서 말을 걸자 그제야 고개를 들었다.

“앗, 선배.”

“학교에서도 봤는데 다른 사람이랑 같이 있어서 말을 걸기 좀 그랬어.”

“요전에는 감사했습니다. 하루토 일 말이에요.”

야마토 쪽에서 먼저 그 이름을 꺼내줘 리카는 안심하고 물었다.

“걱정했어. 그 뒤로 어떻게 하고 있어? 하루토 군, 학교 잘 다니고 있어?”

“지난주부터 겨우.”

"아아."

"열흘 정도 줄곧 방에 틀어박혀 있었어요. 이대로 안 나오는 거 아닌가 하고 아버지랑 걱정했죠."

"그래…… 다행이다."

야마토는 크림색 장미를 한 송이 뽑았다. 그러고는 입을 삐죽였다.

"장미, 정말 비싸네요!"

"혹시…… 어머니?"

"어제, 봉안을 마쳐서."

봉안이라는 말에 리카는 멈칫했다. 그녀는 아직 그런 경험이 없었다.

"지금 봉안당 앞에는 국화가 넘쳐나지만, 사실 어머니는 국화보다 장미를 더 좋아했어요."

"그래."

"제일 좋아하는 건 파슬리나 허브 같은 먹을 수 있는 식물이지만, 봉안당에 파슬리를 올릴 수도 없고."

야마토는 웃길 의도였는지도 모르지만 리카는 자제했다.

"그런데 돈이 별로 없어서 장미 같은 건 두세 송이밖에 못 사겠네요."

이번에는 핑크색 장미를 한 송이 뽑으며 야마토는 하하 웃었다. 그러고는 불쑥 진지한 표정을 지었다.

"선배는 하루토랑 자주 이야기를 나눴나요?"

"으음, 그렇게 자주는 아니지만, 전당포에서 몇 번 만난 적이 있어."

"저는 몇 년이나 그 녀석이랑 변변한 이야기를 나눈 적이 없어요. 형제라고 해도 네 살이나 터울이 있어서 친구도, 관심사도 다 다르니까."

"그렇구나."

"그래서 무슨 말을 해줘야 그 녀석 기운이 날지 모르겠어요. 어째서인지 줄곧 어머니랑 잘 지내지 못한 걸 후회하는 눈치지만."

"그렇구나……."

"무슨 말을 해주면 좋을까요? 좋은 아이디어, 없나요?"

리카는 엔젤램프 화분을 바라보고 있었다. 전당포에 있던 꽃과 비슷하게 생겼다. 하지만 이 꽃은 전당포 꽃처럼 후우 하고 한숨을 내쉬며 달콤한 향을 풍기지 않는다. 그렇다. 마법은 그곳에밖에 존재하지 않는다.

"나보다는 마법사가 좋은 말을 해줄 것 같은 느낌이 들어. 그렇지만 하루토 군은 분명 더 이상 추억 전당포에 가고 싶지 않을 거야."

"그 마법사가 그렇게 의지가 되나요?"

"마법사의 주변에는 정말은 눈에 보이지 않는 게 가득해. 가령 마법사는 모두가 내버린 추억을 불가사리 모양으로 만들어 바다에 가라앉혀. 우리가 평소에 바다를 봐도 그런 존재를 알아차리지는 못하잖아. 하지만 사실은 거기에 있어."

"흐음……."

"마법사가 그런 걸 보여준다면, 어쩌면 하루토 군도 긍정적으로 생각하게 될지도 몰라."

"긍정적으로?"

"어머니도 보이지 않을 뿐 분명 아직 가까이에 있다. 이런 식으로."

"그건…… 저도 잘 모르겠네요."

가게 앞에서 리카는 푸른 하늘을 가리켰다. 아까보다도 색이 짙어져 반들반들 광택까지 나는 듯한 기분이 들었다. 조금 더 팔을 뻗어 콕 찌르면 짙푸른색 젤이 흘러나와 이 지붕을 파란색으로 물들일지도 모른다.

리카의 손가락을 쫓아 야마토도 위쪽으로 시선을 옮겼다.

"밤뿐 아니라 낮에도 별은 하늘 가득 빛나고 있어, 사실은. 그저 보이지 않을 뿐."

"네에……."

"눈에 보이지 않아도 거기에 있어. 왠지 그런 기분이 들어. 내가 시적인 말을 해도 안 어울리지만."

"그렇지도 않아요."

야마토는 장미 두 송이를 하늘을 향해 높이 치켜들었다.

"어머니이, 이거, 저랑 하루토예요. 보이세요오?"

그렇게 말하고 나서 허둥지둥 손을 내린 야마토는 주위를 휙 둘러보고는 헤헤 웃었다.

"큰일 났다. 방금 나, 이상한 사람 같았죠?"

"이걸로 부탁할게"라고 마스코트에게 장미를 건네고, 야마토는 리카 쪽으로 다시 돌아섰다.

"나, 하루토를 데리고 추억 전당포에 한번 가볼까 봐요."

"정말?"

"잘 기억나지 않지만 나도 추억을 몇 개나 맡겼던 기분이 들어요. 그걸 찾아와야죠."

"그래."

"어쩌면 그중에는 어머니나 하루토에 대한 추억도 있을지 모르고. 그런 추억이 불가사리가 되면 곤란하니까요. 하루토를 데리고 갈게요."

"응. 형이랑 함께라면 하루토 군이 따라나설지도 몰라. 거기에서는 하루토 군 언제나 즐거워 보였으니까."

야마토와 헤어진 리카는 휴대전화를 꺼내 문자를 보냈다.

-메이. 나중에 노트 보여줘! 학원, 엄청 지각할 거 같아!

그러고 나서 리카는 해변으로 향했다. 그날 이후 표정이 마뜩찮은 마법사에게 빨리 이 소식을 전해주고 싶었다.

7

도쿄에서 신칸센을 타고 두 시간 반. 현청 소재지 역에 내리자 리카는 아군의 진지로 돌아온 듯한 기분이 들었다. 여기서 특급으로 한 시간 10분 걸리는 가네하라시까지 가면 이제 완전히 고향이다. 고등학생이었을 때 가네하라시는 휴일에 놀러 가는 도시 수준이었지만, 도쿄의 엄청난 빌딩군에 눈이 익숙해져버리니 이곳도 충분히 정겨운 거리였다. 로터리에 분수나 오브제, 벤치 같은 것들이 잔뜩 있는 역은 도쿄에는 그리 많지 않다.

환승해서 구지라사키역으로 향하기 전에 약속이 하나 있었다. 역 건물 5층에 있는 서점에서 리카는 잡지를 읽으며 기다렸다. 그녀가 도쿄의 대학에 다닌 지 아직 1년 8개월밖에 안

됐는데, 특집 코너에 본 적 없는 새로운 케이크 가게가 소개 돼 있었다.

"리카."

뒤에서 어깨를 두드린 것은 메이였다.

"여름 방학 때보다 더 빛이 나네? 도쿄 사람 같아."

그런 메이 역시 파랑색과 보라색의 작은 꽃이 흩어져 있는 튜닉에 연보라색 레깅스, 그리고 코가 성긴 라이트그린 니트 코트를 걸치고 있었다.

평소 학생 기숙사에서 추리닝 바람으로 여자 선배들과 떠들썩하게 노는 리카보다도, 고향에서 인기 있는 단과대에 다니는 메이 쪽이 훨씬 패션에 민감할지도 모른다. 리카는 심플한 니트 스웨터에 청바지 그리고 검은 재킷을 입고 온 것을 잠시 후회했다. 고향에 돌아올 때는 개선장군은 아니지만, 더 신경 쓰는 편이 좋을지도 모른다.

아니, 그래도 상관없다. 이번은 볼일이 있어서 돌아온 것이고, 그 볼일은 멋을 부릴 필요가 전혀 없는 일이니까. 자신에게 주문을 걸듯 이렇게 말했다.

그대로 역 건물 카페에 들어가 고등학교 동창들의 근황에 대해 한바탕 이야기를 나눴다. 고향에 남은 사람이 80퍼센트라서 주로 메이 쪽이 떠들었다. 하지만 리카도 도쿄에 있는 몇 명에 대해서는 자세히 이야기할 수 있었다. 고등학생 때까지는 자기가 사는 지역을 그리 의식한 적이 없었는데, 도쿄로 가자마자 동향회에 나가면 흥분이 된다. 처음 만나는 데도 같은 지역 출신이라는 것만으로 신뢰할 수 있을 것 같은 기분이 들고, 하물며 구지라사키 출신이면 맹우나 다름없다.

무엇보다 오늘의 정보 교환 시간 내내 유키나리의 이야기는 나오지 않았다. 피했다기보다 둘 다 모르기 때문이었다. 그는 멀리 간사이 쪽으로 가버렸으니까.

서로의 보고가 일단락될 즈음에 메이가 물었다.

"너네 대학, 가을 방학도 있니? 아, 그렇지만 작년 가을에는 안 왔지?"

리카는 서둘러 손을 저였다.

"아냐, 아냐. 가을 방학이라니, 그런 멋진 대학이 아니야. 지금은 그냥 축제 기간이야. 10월 30일부터 일주일 동안 준비랑 본 축제거든. 그동안은 수업을 안 하니까."

"뭐라고? 그렇게 중요한 시기에 이쪽으로 돌아와도 괜찮아? 동아리는?"

"응, 그만뒀어."

"그렇구나……."

"그래서 마침 생일이기도 해서 집으로 돌아올까 하고."

"아앗, 똑똑히 기억하고 있어. 모레잖아! 괜찮으면 그날 저녁, 같이 밥 먹지 않을래?"

"미안, 그날은 도쿄로 돌아가야 해. 내일 저녁은 우리 집에서 먹기로 했고……."

"그렇구나. 아무래도 그렇지. 그럼 내일 늦은 오후는 어때? 선물 보내려고 사둔 게 있어."

"정말?"

"리카도 나한테 보내줬잖아. 고마웠어."

"메이 선배! 스무 살이 된 소감은 어땠나요?"

리카가 머리를 숙이자 메이는 배를 잡고 웃었다. 윤기 흐르는 긴 머리칼이 호화롭게 물결쳤다.

"그만둬, 선배라니. 생일 한 달밖에 차이 안 나잖아. 뭐, 그건 그렇고, 너희 집은 정말 화목하구나. 지금도 다 같이 생일 축하를 하다니. 그것도 굳이 도쿄에서 돌아와서 말이야."

리카는 타르트에 얹힌 블루베리를 포크로 하나 찍어 입으로 던져 넣고는 고개를 가로저었다.

"아니야. 사실은 부모님도 '겨울 방학에 또 돌아올 텐데 그렇게 뻔질나게 오지 않아도 돼' 하고 그다지 반기지 않아."

"그래?"

"단지…… 만나두고 싶었어. 스무 살에 되기 전에 마법사를."

"뭐라고?"

"내일, 추억 전당포에 마지막으로 가보려고. 스무 살이 넘으면 갈 수 없다니까."

"저기."

메이는 한동안 고개를 갸웃거리며 벽에 걸린 그림을 뚫어지게 보다가 리카 쪽을 돌아봤다.

"뭐였지? 추억 전당포라는 게."

"뭐라고? 있잖아, 절벽 아래 작은 집."

"절벽 아래 집이라……. 음, 무슨 비밀 기지 같은 건가?"

메이가 장난치려고 모르는 척하는 것이 아니라, 진지하게 기억해 내려 한다는 것은 명백했다. 그 증거로 어깨를 살짝 움츠리고 있다. 리카가 당연하게 말하는 그 이름을 전혀 생각해 내지 못해 미안하다는 듯.

리카는 서둘러 얼버무렸다.

"아냐, 됐어. 음. 있잖아, 그래, 문예부에서 잠깐 나온 아이디어야."

"그런 아이디어 이야기를 한 적이 있나?"

메이가 끈질기게 생각해 내려 했다.

"미안, 잠깐 화장실 좀."

견딜 수 없어 리카는 자리를 떴다. 카페를 나와 왼쪽으로 돌아 일단 메이의 시야에서 벗어났다. 100엔숍 앞에 300엔숍이 있고 그 안쪽이 화장실이었다. 하지만 리카는 들어가지 않고 바로 앞에 있는 벤치에 털썩 앉았다.

스무 살이 되면 추억 전당포를 졸업해야 한다는 것은 알고 있었다. 맡긴 기억을 더 이상 되찾을 수 없다는 규칙도 안다. 완전히 잊고 있었다. 전당포에 대한 추억 자체가 몽땅 지워져버린다는 것을…….

메이의 머릿속에서는 리카와 함께 방과 후에 전당포를 찾은 일도, 다람쥐가 끓여준 허브차를 마신 일도 모두 지워져버린 것이다.

휴대전화가 울렸다. 메이였다.

- 괜찮아? 몸 안 좋아?

- 어? 미안, 지금 가고 있어.

너무 오래 나와 있었다는 것을 깨닫고 리카는 서둘러 일어섰다.

메이는 리카가 친구가 되자고 말한 순간의 일도 잊었으리라. 그렇게 생각하니 얼른 메이에게 가야 한다고 생각하면서도 발걸음은 무거웠다.

돌계단이 오른쪽으로 꺾이는 부분에서 조금 단차가 커지고, 또 왼쪽으로 돌아가는 부분은 손잡이 대신 대나무가 세 그루 줄지어 있고……. 이제 눈을 감고도 내려갈 수 있을지 모른다. 마지막 세 단을 단숨에 뛰어내린 리카는 뒤를 돌아봤다. 위에서 붉은 단풍, 노란 단풍이 팔랑팔랑 춤추며 내려온다. 하지만 시내 가로수와 달리 이곳의 잎은 아무리 시간이 흘러도 땅에 닿지 않는다. 수많은 잎이 흔들흔들 바위 위를, 파도 위를 나비들처럼 끝없이 날아다니고 있다.

리카는 추억 전당포 간판 앞에 멈추어 서서 물끄러미 바라봤다. 찍히지 않는다는 것을 알면서도 휴대전화 카메라에 담고 싶었다.

레이스 커튼 그늘에서 뭔가가 샤샥 움직인 것 같아 리카는 창문을 봤다. 다람쥐가 달려가고 있었다. 물을 끓이러 가는 것이리라. 마지막 티타임을 위해.

안으로 들어가니 마법사가 마침 난로에 불을 켜는 중이었다. 새하얀 레이스로 가장자리를 장식한 롱 드레스에 옅은 핑크색 백합을 흩뜨려놓은 앞치마를 두르고 있다. 머리에 두른 반다나도 같은 핑크색이다.

장작이 호드득호드득 타올랐다. 테이블에는 와플과 스콘이 가득 담긴 접시가 놓여 있었다.

"어머, 손님이 계세요?"

리카의 물음에 마법사가 돌아봤다.

"그래."

"누가 와요?"

"너."

그 말을 듣자 평소처럼 제멋대로 돌아다니면 안 될 것 같은 기분이 들어 리카는 스툴에 살포시 가방을 내려놨다.

"그렇지만 오늘 온다고 말하지 않았잖아요."

"그렇지. 도쿄로 떠났으니까, 더 이상 안 올지도 모른다고 생각했어. 그래도 과자는 만들어봤어."

어쩌면 마법사는 과거에도 몇 번이나 이렇게 누군가를 기다렸는지도 모른다. 열아홉 살의 마지막 날, 자신을 만나러 와주지 않을까 바라면서. 그때마다 아무도 오지 않은 채로 날이 저물어가지는 않았을까? 어두컴컴한 곳에서 다람쥐와 둘이 소용없어져 버린 스콘을 먹는 마법사의 모습이 눈앞에 떠올랐다.

리카가 이런 상상을 하는 사이에 마법사는 복도로 나갔다. 잠시 후 마법사가 손을 씻고 수건으로 물기를 닦으면서 돌아와 물었다.

"새 남자 친구는 생겼어?"

"느닷없이 그러기예요?"

리카는 쓴웃음을 지으며 고개를 가로저었다.

"그리 간단히 생기지 않아요. 남자 친구란 말이죠."

"인간은 누가 옆에 없으면 쓸쓸해지는 생물 아닌가?"

마법사는 리카 접시에 와플을 나눠 담으며 웃었다.

"꿀도 있고 메이플 시럽이랑 잼도 있어. 뭘로 줄까?"

"메이플 시럽요."

"여기."

한입 가득 베어 무니 부드러우면서도 따뜻했다.

"인간 중에는 혼자 있는 걸 못 견디는 사람과 견디는 사람, 두 종류가 있는데 나는 아마도 견디는 사람 같아요. 그게 좋은 건지는 모르겠지만요."

그렇게 말하고 쓴웃음을 지으면서 리카는 또 한입 먹었다. 자기가 입 밖에 내어버린 쓰디쓴 그 말을 달콤한 시럽이 누그러뜨려줬다. 거기에 힘을 얻어 조금 더 말을 이어봤다.

"전혀 알 수 없게 돼버렸어요."

"무슨 일 있니?"

"유키 군이 헤어지기 전에 한 말, 몇 번이고 생각나서."

"유키나리 군이 뭐라고 했는데?"

"단 한 사람, 진정한 상대를 만나서 그 사람하고 결혼할 거라고. 그때까지 만나는 사람은 다 연습이라고."

"그렇구나."

"나도 유키 군 연습 상대. 유키 군도 내 연습 상대."

허브차로 목을 축이고 말을 이었다. 오늘의 차는 레몬글라스와 캐모마일 블랜드다.

"그럼 진정한 상대라는 건 어떻게 알지? 만나는 순간, 탁 느낌이 오나? 절대 이 사람이다, 이렇게."

마법사에게 말한다기보다는 반은 자신에게 말하고 있었다.

"'진정한 상대일지도 몰라!' 하고 생각하면서도 싸워서 사이가 틀어지기도 하고, 여러 가지 일이 있을 거잖아요. 어쩌면 장거리 연애가 될 수도 있고. 그러면 유키 군 때랑 마찬가지로 이별이 기다리고 있을 것 같아요. '이 사람은 진정한 상대니까 무슨 일이 있어도 헤어지지 않아' 같은 직감이 들까요?"

"분명 알 거야."

마법사가 미소 지었다. 비로드 롱 드레스처럼 미소도 매끄럽다.

"안다고요? 어떻게요?"

"4년간 멀리 떨어져서 한 번도 만나지 못해도 마음이 변하지 않는다면 그 사람이 바로 운명이야."

"4년간."

리카는 휴대전화 메모장에 그 말을 적어 넣었다. 어쩌면 이 메모도 스무 살이 되는 내일이 되면 지워질지도 모르지만.

"어째서 4년이에요?"

"왜냐면 돌 위에도 3년(차가운 돌에도 3년간 앉아 있으면 따스해진다는 뜻. 비록 어렵더라도 참고 견디면 반드시 성공한다는 일본 속담_옮긴이)이라든가, 세 번째 정직(내기, 점괘 등에서 첫 번째나 두 번째의 결과는 믿을 수 없지만, 세 번째는 확실하다는 말_옮긴이)이라든가, 3이라는 숫자가 들어가는 속담이 많잖아."

"그래서요?"

"3이라는 건 크게 일단락을 짓는 숫자야. 그러니까 3을 넘어서 4가 되면 안정. 분명 괜찮아질 거야."

"그게 뭐예요."

리카는 소파 등받이 쪽으로 야단스럽게 쓰러졌다.

"진지하게 들었는데 너무해. 말장난 수준이잖아요. 마법사님, 속담이라는 건 분명 나라에 따라 다를 거라고요. 일본 속담에는 3이 많지만 다른 나라는 다를걸요. 이건 어떻게 설명할 거예요?"

"글쎄. 나는 일본 마법사니까."

마법사가 쿡 웃고는 눈을 찡긋했다.

"정말이지, 진지하게 생각하는 게 바보 같아졌어요."

분풀이로, 거실로 들어온 흰색 고양이의 등을 붙잡으려 했지만 미끈한 몸과 젤리 같은 탄력을 이용해 등을 굽힌 고양이는 곧바로 리카의 손에서 빠져나갔다. 고양이는 그대로 흔들의자에 앉아 있는 마법사의 무릎에 훌쩍 뛰어올랐다.

"농담이었는데."

마법사의 말에 리카는 무릎 위에 얹은 손을 미끄러뜨리는 척했다.

"농담? 메모했다고요. 실망이야."

"사실은 더 간단하잖아."

"네?"

"진정한 상대를 찾는 법."

"간단하다니요?"

"추억으로 변하지 않는 사람. 그가 운명의 상대야."

"추억으로, 변하지 않는다?"

"'좋아했어'로 변하지 않는 사람. 그 시절에는 좋았는데 하고 여겨지지 않는 상대. 몇 년이 지나도 좋아. 줄곧 현재진행형. 그게 진정으로 소중한 사람."

"그렇구나……."

리카는 일어서서 창가로 갔다. 어쩐 일인지 오늘따라 달팽이가 없었다. 마지막 순간 정도는 등껍질을 쓰다듬으며 작별을 고하고 싶었는데.

"언젠가 그런 사람을 만났으면 좋겠네요."

"그러면 좋겠구나."

느닷없이 생각조차 해보지 않은 말이 입을 뚫고 나왔다.

"차라리 당신이 남자였다면 좋았을 텐데. 그럼 나."

"응?"

마법사는 입을 떡 벌리고 꼬고 있던 무릎을 툭 풀었다. 몸을 말고 자던 고양이가 마루로 미끄러져 너무한 거 아니냐고 말하는 듯한 분개한 얼굴로 방구석으로 도망갔다.

리카는 서둘러 양손을 휘휘 내저었다.

"아, 아니. 당신이 여자여서 불만이었다, 이런 뜻이 아니라."

자리에서 일어선 마법사는 빙글 등을 돌리고 거실을 나가고 말았다.

"큰일 났다. 화났을까?"

흰색 고양이에게 말을 걸어봤지만 고양이는 여전히 분개한 표정으로, 이야기를 들어주고 있는 것처럼은 보이지 않았다.

안쪽 방으로 쫓아가보는 편이 좋을까? 5분이 지나도, 10분이 지나도 마법사는 돌아오지 않았다. 다른 때였다면 "뭐, 괜찮지 않을까" 하고 이대로 돌아가도 된다. 하지만 내일은 없다. 이렇게 끝낼 수는 없다.

"저어." 거실에서 복도를 향해 불러보는데 갑자기 "뭐야?" 하고 굵은 목소리가 들려왔다. 리카는 흠칫 놀라 뒷걸음쳤다.

맨 끝 방문이 열리고 남자가 걸어 나왔다. 키는 190센티미터 가까이 될까. 눈은 파란색이고, 코는 곧장 하늘을 찌를 듯이 높다. 무엇보다 턱이 크고 뾰족하다. 턱시도에 반짝반짝 빛나는 검은 가죽 구두. 머리칼은 녹색과 회색이 섞인 듯한 묘한 색이다.

"저어, 혹시……."

리카는 얼굴을 올려다보며 조심조심 물어봤다.

"마법사?"

"그래."

그 목소리는 테너도 아닌 바리톤이었다. 가슴을 펴고 걸어왔다.

"당신이 생각하는 남자는 이런 느낌이에요?"

가슴 포켓 사이로 보이는 심홍색 장미를 보면서 리카는 터져 나오는 웃음을 참느라 진땀을 뺐다.

"이상한가?"

"이상하지는 않지만……. 아까 일본의 마법사라고 말한 것

치고는 완전히 외국인이네요."

굳이 말하자면 텔레비전으로 월드컵 중계방송을 봤을 때 독일 수비수 중에 이런 사람이 있었는지도 모르겠다. 하지만 머리색은 이렇지 않았다. 단연코.

"네가 남자라면 좋았을 거라고 해서 내가, 아니 이 몸께서 상상하는 남자가 돼봤다."

"고, 고맙지만, 원래대로 돌아갈 수 있어요? 평생 이대로라면 가게에 오는 애들이 당황할 거 같아요."

"물론이지. 마법사는 뭐든 될 수 있단다."

말투가 어느새 돌아와 있다. 굵은 목소리로 "있단다" 하고 말하는 것을 들으니 점점 더 이상해졌다. 하지만 이렇게 웃는 것도 오늘이 마지막이다.

리카는 마법사의 손을 꼭 쥐었다. 뼈마디가 굵은 손가락, 그리고 핏줄이 튀어나온 손등.

"왜 그러니?"

대답 대신 넓은 가슴팍에 얼굴을 파묻었다. 키가 너무 커서 정확하게는 가슴이라기보다 배 위쪽 부근.

"왜 그러는 거야?"

낮은 목소리로 속삭이듯 말하면서 마법사가 등에 양손을 둘러줬다.

"더 이상 만날 수 없다니, 싫어요."

모습이 바뀌었기 때문에 이렇게 행동할 수 있었는지도 모른다. 6년간 봐온 조금 전까지의 그녀였다면 쑥스러워서 포옹 같은 것은, 절대라고는 할 수 없지만 불가능했다.

"왜 스무 살이 되면 못 보는 거예요?"

"왜라니……."

조금 전까지 웃음이 터져 나왔는데 지금은 눈물이 터져 나올 것 같다. 내가 울기 직전의 이 상황이 그녀, 아니 이 커다란 남자는 재미있을까, 시시할까?

리카는 주머니를 더듬었다. 꼭 이럴 때만 손수건이 없다.

"자, 여기."

남자 마법사가 주머니에서 손수건을 꺼내 건넸다. 흰색 바탕에 붉은색과 검은색 줄무늬가 군데군데 들어가 있다.

"정말 내일이 되면 제 기억 속에서 이 추억 전당포에 대한 일은 전부 지워져요?"

"그래."

"맙소사, 그거 너무하지 않아요? 어떤 의미에서는 도둑질이잖아요?"

"뭐라고?"

가슴에 얼굴을 파묻은 채로 리카는 항의했다.

"그렇잖아요. 저는 추억을 하나도 안 맡겼다고요. 여기서 당신을 만나거나 이야기를 나눈 일은 전부 제 추억이라고요. 그걸 빼앗아버린다니, 잘못된 거 아니에요?"

입을 꾹 다문 채 마법사는 대답이 없다. 화났나 걱정스러웠지만 리카는 선수를 쳤다.

"잘못된 거 아니냐고요!"

"그런 항의는 처음이야……."

남자 마법사는 기다란 턱을 손가락으로 슥슥 문지르더니 생각에 잠겼다.

"대체로 다들, 고등학생쯤 되면 이 가게를 졸업하지. 그리고 스무 살이 될 즈음에는 추억을 맡겼다는 사실조차 잊어버려. 그래서 이 가게에 대한 기억이 점점 사라져가는 데 불만을 가진 사람은 한 명도 없었다고 생각해."

"그래요. 저는 질긴 여자예요."

리카는 삐친 척했다.

"하지만 말이야, 처음에 그렇게 정한 데는 역시 이유가 있어. 어른이란 입장에 따라서 사고방식이 여러 가지로 바뀌잖아? 추억을 받고 돈을 지불하는 건 좋지 않다고 생각하는 어른도 있을 테고, 그런 가게는 없애버리라며 절벽까지 쫓아오면 나는 여기 살기 힘들어져. 나한테 돈을 빌려달라는 어른도 있을지 몰라. 그래서 스무 살이 되면 이 가게를 잊어버린다는 약속을 만든 거야. 그러면 나는 방해받지 않고 언제까지나 재미있는 추억을 모을 수 있어."

"그럴지도 모르지만 나는……"

"예외를 만들면 끝이 없어."

"공무원 같은 소리 하지 말아요."

"그렇지만."

흰색 고양이가 두 사람 옆을 지나 다락방으로 향하는 계단을 올랐다.

"우리도 위로 올라갈까?"

그렇게 말하고 남자 마법사는 좁은 계단을 힘들게 올라갔다. 리카도 뒤를 따랐다.

다락방에서 발코니로 나오니 노란색과 붉은색 낙엽이 나비 떼처럼 여기저기서 흔들거리고 있었다. 하지만 그런 것에는 정신을 빼앗기지 않고 리카는 반격의 구실을 찾았다.

"혹시 당신."

"응?"

"줄곧 거짓말을 한 거 아니에요?"

"무슨 소리야?"

"재미있는지 시시한지, 그런 것밖에 모른다는 말, 사실은 거짓말이죠?"

"뭐라고?"

"마법사잖아요. 인간에게 있는 감정이 없을 리가 없어요. 좋아하는 감정도 싫어하는 감정도, 즐거운 감정도 쓸쓸한 감정도 전부 갖고 있어."

"그렇지 않……."

"2년 반 전, 하루토 군 어머니의 일로 고민했죠. 하루토 군을 좋아하니까, 상처를 주고 싶지 않았으니까."

"그건……."

"전에 스스로 말했잖아요. '나는 섬세한 괴물이다'라고."

"그런 말한 적 없어."

휘휘 손을 내젓는 키 185센티미터의 거한.

"했어요."

"그런 적 없어. 나는 '섬세 그 자체'라고 했어."

섬세한 괴물이 어지간히 마음에 들지 않았는지, 남자 마법사는 획 등을 돌려 바다를 바라봤다. 눈앞을 기러기가 쌩 선회해서 갔다. 그 등에 달팽이 세 마리가 타고 있는 것을 보고 리카는 눈을 부릅떴다. 하늘 유람. 유리창 청소만 하는 게 아니었어. 놀기도 하는구나! 6년이나 다녔으면서 지금에야 처음 알았다.

하지만 그것에 정신이 팔려서는 안 된다. 한창 중요한 이야기를 하는 중이다.

"괴물이든 뭐든 상관없어요. 어쨌든 내가 하고 싶은 말은 당신이 거짓말을 하고 있다는 거예요. 스무 살이 되면 기억을 빼앗아버리는 이유는 당신이 여기서 살아가기 힘들어질지도 몰라서라고 했지만, 사실은 그런 게 아니에요. 그렇잖아요. 만일 어른이 무슨 말을 하러 오려고 하면 그때는 마법으로 어떻게든 할 수 있을 거 아녜요. 인간들에게 내쫓겨 이 해변에서 도망친다니, 그럴 염려는 없어요."

"그럼 왜 기억을 지운다고 생각해?"

"자신이 어느새 잊히는 게 쓸쓸한 거죠. 잊혀서 홀로 이 해변에 남겨질 바에는 자신이 직접 안녕을 고하겠다는 거죠?"

남자 마법사는 아무 대답도 하지 못했다. 다만 리카의 눈에는 난간을 쥐고 있는 마법사의 열 손가락에 힘이 들어간 것처럼 보였다.

"하지만 나는 당신을 잊지 않을 자신이 있어요."

리카는 힘주어 거듭 말했다.

"어디에 가도 잊지 않아요. 이렇게 소중한 추억을 잊을 리가 없어요."

"하지만."

겨우 남자 마법사가 입을 열었다.

"인간은 언젠가 죽고 말아."

"네……?"

"죽어서 사라져버리잖아."

"그렇지만 그건 아주 먼 훗날의 일이에요. 의외로 빠를지도 모르겠지만."

"인간으로서 가장 오래 살아도 120년 정도지?"

"그렇겠죠……."

"나는 이 세계에 몇만 년이나 있어. 어쩌면 몇십만 년. 기억나지 않을 만큼."

남자 마법사는 그제야 돌아서서 리카의 얼굴을 똑바로 응시했다. 움푹 들어간 파란색 눈동자가 보라색으로 빛났다.

"인간은 순식간에 사라져버려."

"당신이 온 세상일을 다 아는 건 아니라고 생각해요."

리카는 단호하게 말했다.

"뭐라고?"

보라색 눈이 파란색으로 돌아왔다.

"인간은 죽으면 그걸로 끝이 아니에요. 추억을 안고 잠시 이 세상을 지켜보고, 그러고 나서 다음 세계로 가는 거예요. 절대적인 건 아니에요. 누구도 증명하지 못해요. 하지만 나는 그렇게 생각해요. 그리고 다음 세상에 갈 때도 나는 꼭 당신 추억을 갖고 갈 거예요. 만나러 올 테니까."

파란색 눈동자가 촉촉해진 느낌이 들어 리카는 눈을 피했다. 그건 불가능하다고, 그 눈초리가 말하는 듯했다.

"돌아갈게요."

리카는 계단을 재빨리 내려왔다. 뒤쫓는 발소리는 들리지 않았다. 다람쥐의 모습도 보이지 않고, 달팽이는 갈매기 등 위에 있다. 텅 빈 거실 스툴에 덩그러니 놓여 있는 가방을 집어 들고 리카는 문을 열었다. 돌아서서 다시 한번 실내를 보고 싶어졌다. 하지만 보지 않아도 전부 기억한다.

한 걸음 밖으로 나간 리카는 깜짝 놀라 멈추어 섰다. 이 집은 자갈밭 위에 서 있었는데, 자갈이 모래로 변해 있었다. 게다가 모래를 자세히 보니 아주 작고 작은 유리 입자였다. 석양을 받아 하나하나가 무지개 색으로 빛나고, 그 빛의 알맹이, 알맹이가 하나가 돼 모래사장이 금색으로 물들었다. 그렇구나. 마법의 세계에서는 빨주노초파남보를 전부 합하면 금색이 되는구나.

발걸음을 뗀 리카는 지붕 위를 올려다봤다. 발코니 난간에 양손을 올린 채 마법사가 이쪽을 내려다보고 있었다. 어느새 옷을 갈아입었는지, 아니 갈아입을 필요조차 없이 마법을 휙 풀었는지, 그녀는 원래의 롱 드레스에 백합 무늬 앞치마를 두르고 소라빵 모양 은발을 바람에 휘날리며 리카를 지그시 바라보고 있었다.

고시엔(전국고교야구대회로 유명한 일본의 야구장. 고등학교 야구 선수에게는 꿈의 무대로 여겨진다-옮긴이)에서 진 고등학교 야구 선수가 그라운드 모래를 부지런히 주머니에 집어넣듯이 리카도 이 반짝반짝 빛나는 모래를 가져가고 싶었다. 하지만 그러는 대신 돌계단을 오르기 시작했다. 완만하게 오른쪽으로 꺾이는 지점을 지나면 추억 전당포가 더 이상 보이지 않는다.

리카는 돌아봤다.

마법사는, 보고 있었다.

눈이 맞았다.

나비처럼 날아다니던 노란색 낙엽과 붉은색 낙엽이 일제히 유리 세공처럼 빛나며 조용히 모래사장에, 바다에 훨훨 내려앉기 시작했다.

리카의 스무 번째 생일 파티가 조촐하게 열렸다.

"전야제가 집이고 본방이 도쿄? 빈틈이 없구나."

어머니의 놀림에 내년에는 절대로 돌아오지 않으리라 속으로 다짐하면서 리카는 쇼트케이크에 장식된 딸기를 포크로 푹 찔렀다.

케이크는 입에도 대지 않고 홀로 계속 맥주를 마시던 아버지가 말했다.

"그러고 보니 이제 스무 살인데, 맥주 마셔도 되지 않아?"

리카는 컵에 따른 맥주를 단숨에 비웠다.

"괜찮겠어? 리카, 얼굴이 새빨개."

어렴풋이 알고는 있었지만, 아무래도 어머니를 닮아 술을 마시지 못하는 체질인 모양이었다. 리카는 그대로 소파에 푹 쓰러지고 말았다.

"스무 살이나 됐는데 초등학생처럼 이런 데서 곯아떨어지다니."

어머니의 투덜거림이 희미하게 들렸다.

눈을 뜬 까닭은 화장실에 가고 싶어서였다. 하지만 리카는 자신이 어디에 있는지 잘 알 수 없었다.

겨우 여기가 컴컴한 거실이고, 자기가 소파에서 기역 자 모양으로 자고 있었다는 사실을 깨달았다. 스프링이 꽤나 낡은 탓에 등뼈에 부담이 갔는지 허리가 조금 아팠다.

리카는 마법사의 꿈을 전혀 꾸지 않은 자신을 유감스럽게 생각했다. 다시 태어나도 잊지 않겠다고 잘난 척했지만, 다음 날에 잔상이 없는 상태로는 글렀나…….

볼일을 보고 뒤늦게 이를 닦기 시작했다. 시계를 보니 새벽 3시 4분. 지금부터 다시 자도 네댓 시간은 푹 잘 수 있다.

부모님이 깨지 않도록 조용히 해야지 하고 생각한 다음 순간, 느닷없이 칫솔이 입에서 툭 떨어져 세면대에 부딪히며 쟁그랑 하고 작은 소리가 났다.

생각이 미쳤다.

나, 잊지 않았어.

날짜가 바뀌었는데.

아직 추억 전당포 일을 기억하고 있어.

그날은 문화의 날로, 아버지도 쉬어서 아침 식사 분위기는 느긋했다. 게다가 "손님 대접은 어제로 끝"이라는 어머니의 선언에 따라 설거지를 해야 했다. 욕실 청소도.

겨우 집을 빠져나온 것은 정오가 다 되어서로, 리카는 북풍이 부는 가운데 해변으로 달려갔다. 앞바다에는 하얀 파도가 넘실거리고 있었다. 구름이 자욱이 끼어 어제 새파랬던 바다는 180도 바뀌어 잿빛을 하고 있었다. 그런 풍경을 보면서 리카는 계속 달렸다.

기억하고 있다. 여기가 입구. 이 돌계단을 내려가는 거야.

리카는 첫 세 단을 점프한 데 이어 맹렬한 스피드로 달려 내려갔다. 무릎이 휘청거렸다. 오른쪽으로 돌아서 내려가다가 다음 모퉁이까지 가면 추억 전당포 지붕이 보인다…….

리카는 우뚝 멈춰섰다.

거기에 있는 것은 울퉁불퉁한 검은 자갈밭과, 바다를 사이에 두고 우두커니 서 있는 구지라섬, 단지 그뿐이었다. 역 앞 케이크 가게에서 파는 카시스 무스 같다고 묘사되는 그 건물은 어디에도 보이지 않았다.

"거기서 뭐 해요?"

등 뒤에서 들려온 목소리에 너무 놀란 나머지 리카는 발을 헛디뎠다. 균형을 잃은 그녀를 근육으로 탄탄한 양손이 재빨리 잡아당겨 받쳐줬다.

"미안, 고마워."

"천만에요."

하루토였다. 리카를 받쳐주기 위해 던진 스타라이츠 가방을 주워 모래를 털고 있었다.

"오랜만이구나, 하루토 군."

"오랜만이에요."

가을 끄트머리인데도 하루토의 얼굴은 새카맣게 그을려 있었다.

"운동을 하니?"

"축구를 계속하고 있어요. 은퇴했지만 후배 지도를."

"뭔가 캐릭터가 달라졌구나."

"그런가요?"

"날 보고 전에는 아줌마라고 불렀잖아. 이제 대학생이니까 '할망구' 소리 정도는 들을 줄 알았는데."

"죄송합니다."

쑥스러운 듯 하루토는 가볍게 머리를 숙였다.

"벌써 중3인가. 지금도 전당포에 다니고 있어?"

하루토는 잠시 입을 다물었다가 대답했다.

"어머니가 돌아가신 뒤로 한 번도 추억을 맡기지 않았어요."

"그래."

"하지만 갑자기 안 가면 마법사도 쓸쓸할 테고, 그래서 이따금. 실제로 요즘에는 동아리 활동이랑 수험 공부로 바빠서 그다지 못 갔지만요."

"그렇구나."

"그런데 오늘만은 꼭 와달라고 마법사가 불러서."

"그러니?"

"왜인지 '분명 시시해질 테니까'라고. 무슨 뜻인지 잘 모르겠지만."

분명 시시해질 테니까……. 말을 반추하는 사이에 하루토가 말을 이었다.

"리카 누나도 불려 온 거예요?"

그런가. 이 아이는 내가 스무 살이라는 것을 아직 모른다. 리카는 고개를 저었다.

"아니. 잠깐 보러 온 것뿐이야."

"네? 여기까지 와서 전당포에 안 가는 거예요? 전 누가 있어도 별로……."

"아, 너 때문이 아니야. 그래, 마법사한테 전해줄래?"

"그럴게요. 뭘요?"

리카는 하늘을 올려다봤다. 두터운 구름 사이로 푸른 하늘이 살짝 얼굴을 내밀고 있었다. 다시 시선을 하루토에게 돌려 리카는 말했다.

"'감사해요.' 그렇게 전해줄래?"

"그뿐이에요?"

"그리고 '다음 생에 태어나면 나도 마법사가 될래요.'"

"뭐야, 그게. 이상해."

하루토는 빙그레 웃었다. 초등학생 시절의 모습이 희미하게 되살아났다.

"그렇게 전할게요."

그리고 가뿐하게 뛰어 내려가기 시작했다. 역시 축구부원답게 멋진 4단 점프를 선보이며 달려 내려갔다. 리카에게는 아무것도 없는 것처럼 보이는 자갈밭을 향해. 그가 거기에 닿으면 어쩌면 건물이 순식간에 나타나지는 않을까…….

그런 예감이 들었지만, 리카는 끝까지 지켜보지 않고 다시 돌계단을 올라갔다.

한 걸음 한 걸음 힘껏 내디디며 보면 안 된다고 생각했다. 이번에야말로 두 번 다시 여기로 내려오는 일은 없으리라.